漫娱图书
SINCE BOOKS

黄姑娘抱着栗结站在白雾河水里号叫，
没人知道，每条人间的河水，
会汹涌成怎样的新生命，
怎样的美丽新世界

入戏

FOR A LIE

扶他柠檬茶

·

著

长江出版社
CHANGJIANGPRESS
漫娱图书

ai ya

目录

Contents

01
chapter

第一章

年初三，某沿海小城。

一个老头打电话报警，说他听见了枪响，三声。

迎神的起点是南码头，人们扛起巨大的神轿，穿过城市正中的主干道，抬妈祖的动静甚至超过了除夕夜的大游神，神道两侧挤满了人。

鞭炮声如雷霆，满城皆是艳红的灯火与硝烟。

老头的报警内容很难让人信服——没人觉得他可以从震耳欲聋的鞭炮声里分辨出枪响。

初四，阴雨。

雨水将满地的红纸泡在泥污里，从上空俯瞰，昨夜的神道像贯穿整座城市的血管。

三个人依旧坐在神道边的长椅上，他们脸上戴着塑料脸谱面具，昨夜人群拥挤，这三人保持着坐在长椅上的姿势。在人群散去后，不知何时，三个人歪斜下去，好像三个棉布娃娃，交叠在长椅上。

地上艳红的鞭炮纸掩盖了三人身上的血色，第一批赶来现场的调查员抬起他们脸上的脸谱面具。

面具下，是三张失去生机的脸。

楚稼君双手拎着大号行李包，哼着歌登上火车。

他在位子上坐下。

坐在对面的，是一个有点腼腆文气的男孩子。楚稼君放行李时，那个巨大而沉重的行李包将架子都压得抖了抖。

对面的年轻人只是好奇地抬头，没说什么。

年关刚过，这段时间是小偷归来的高峰期。火车上几乎每个人都死死地看着自己的行李。他对面的年轻人也是，每隔半个小时就要打开背包，从里面掏出一个信封看一眼。

似乎是大学的录取通知书。

年轻人叫许飞，春招进的大学，之前复读了半年。

楚稼君说：“我刚好也要去A市，交个朋友？”

说完摘下墨镜，明亮的双眼看着许飞。墨镜后的面容比许飞预想的要年轻柔美许多。

那是双近乎带着些泪意的眼睛，眼角是微微向下的，没有一丝侵略性。

被那双像孩子一样无辜的眼睛注视着，许飞很快交代完关于自己的一切——他怎么选的专业，家里有多少人，有没有偷偷抽过烟，最喜欢的女明星……以及，他去 A 市读大学，家里还委托了一位在 A 市工作的亲戚照应他。

他们起初面对面靠着椅背坐着，半个小时后，许飞已经用胳膊肘靠在中间的桌子上，倾向楚稼君说个不停。

楚稼君靠着椅背，不知从什么时候开始，已经神游了。

就在大年初四，一个消息在某座沿海小城轰然炸开。臭名昭著的团伙“脸谱”，因为分赃不均导致内讧，伤亡惨重，团队首领销声匿迹。

纪勇涛从会议室出来，夹着破破烂烂的笔记本跟着老大跑下楼。这算是件大事，“脸谱”这个通缉令上的团伙，居然会直接毁于内讧。

“脸谱”里的每一个人都很危险，而跑掉的这个人的威胁性显然比其他三个人加起来都要大。

背叛同伙，他肯定会尽快潜逃外地。就算再危险，也只剩下一个人了，是孤军作战，想要抓捕，现在是最佳时机。

那段时间，案发地发出几班火车，班次、目的地、停靠站，所有在涉及路线上的城市都开始警惕，但警力不够调度是最致命而无奈的因素。

队内小会，几组人都分配了任务，纪勇涛这周带队去火车站蹲查。火车站出口相对可控，最麻烦的是出入口完全自由的汽车站，老大李宇亲自带人过去蹲了。

签字的时候，纪勇涛的 BB 机响了，被李宇“友善”地提醒了一下。他绕出门处理消息——母亲那边有事，让他有空回个电话。

小事而已。

有个连名字都快记不清的表弟要来 A 市读大学，家里让他照应一下。

车在中间站停下，楚稼君去外面抽了支烟。

他再回到座位时许飞不在，大概去厕所了，一个陌生的小青年正踮着脚在行李架前翻他们的包。

他拉开了楚稼君那个巨大的行李包，看见里面的东西时，小偷的眼睛难以置信地睁大了。

大概是不敢相信自己在包里见到的东西，他的脚有点软，往后踉跄半步，却被身后的一只手紧紧禁锢住。那个人的另一只手伸向行李包，不是拉上拉链，而是把拉链“刷拉”一下整个拉开。

楚稼君制住他，附在他耳边问：“怎么样？我包里的东西帅不帅？”

他的手指点了点拉链上的白绳：“你老大没教过你怎么看包？看不懂什么包是道上人的包，开不得的吗？”

离到达 A 市还有几天的车程。夜深了，大部分火车包间都拉上了门。

许飞起夜，拉开包间门，摇摇晃晃地摸着墙出去。

绿皮火车轰轰驶过一片枯黄的荒野，没有月色的早春，夜就像是看不见边际的影子。

片刻后，许飞打着哈欠回来了，他没戴眼镜，走起路来晃悠悠的。他想起自己还没刷牙，于是摸索着上铺的行李架，想从行李包里摸出洗漱杯。

拉链拉开的声音响过，有个轻飘飘的东西从包里飘落出来。

许飞愣了一下，紧接着意识到，自己翻错包了——他拉开的是楚稼君的包。

许飞嘟囔着蹲在地上，摸索刚才掉出来的东西。火车在此刻冲入隧道，瞬间湮灭了所有的光明。

许飞蹲在那里眯着眼，在火车冲出隧道后，他勉强看清了那是什么。

是一张塑料面具，黑色的脸谱面具。

许飞忽然意识到身后有东西。他抬起头，发现楚稼君站在他后面，正低头看着自己。

夜是那么黑，但微光落在那双孩子般的眼睛里，亮得就像猫的眼睛。

火车在此时颠簸——顿时，从许飞的面前、下铺的床底，滚落出一物。火车再次冲入了一条隧道。当它冲出隧道时，包间里就只剩下楚稼君一个人。

楚稼君打开许飞的行李包，取出那封被原主人珍藏的大学录取通知书。

A 市相对发达，对于普通人来说，这意味着生活便利，但对楚稼君来说，意味着要什么没什么。

楚稼君很讨厌提着那么多东西上路，他目前最大的危机是皮质行李包不堪重负裂了，紧接着，一百二十万现金会像排污口开闸一样，污水般流淌满地。

那个画面太壮观，近乎梦魇。

针对大年初三夜里的冲动行为，他做过很深刻的自我反省——在分钱不均、和同伙争执时，他应该先争取队友，挤掉一个人，剩下三个或者两个人分钱……这样一来，就可以三个人合作，或者两个人合作……

而不是像这样，冲动挤掉其余三人，又没法在满城抬神的夜里收尾，只能匆忙离开。

他试图把自己的行李包搁在许飞那个巨大的拉杆行李包上，刚搁上去，就听见咔的一声，拉杆断了。

楚稼君的情绪在这一瞬间崩溃，列车员进来查票时，看见他疯了一样踹着地上的行李包。

几天后，火车停靠在 A 市的月台。乘客数照旧少了几个，新春刚过，扒火车的也多，少几个、几十个都很正常。

火车站东出口楼梯下的角落里，纪勇涛和几个组员在地图上派任务。一共两个出入口，全都要死守住，每个从外地来的男人，看身高体型、查身份、搜身、开包看行李……

遇到过几个转头就跑的，都被暗处冲出来的队友一把按在地上，结果全都不是大鱼，只是有点案子在身的小鱼小虾。

A 市今天会接几班从沿海那边来的终点车线。这人要么在之前下了车，要么逃无可逃。

纪勇涛推测，这人身上肯定带着枪。A 市属于南方较为发达的城市，三年前基本就很难弄到枪了，这种人一定会从那边带过来。

队长李宇说过，这人随身行李不会太多，要是拖个太大的包，就太引人注意了，而且不便行动。

纪勇涛有时候和上司的思路不一样，不法之徒确实更多倾向于轻装上阵，但那都是为了方便逃跑；脸谱这个团伙之所以臭名昭著，就是因为里面的成员胆子更大。

包不论大小都要开。根据资料，这人身高在一米八五到一米八九之间，体型不壮硕，但力量惊人。不排除在查验到他的时候会发生极端情况，所以全员必须全程警惕，尽量避免在火车站这种人员密集区动用武力。

排查一直持续到下午，两队人即将交班。纪勇涛看了眼表，喊二队快点过来。

纪勇涛："我要去接我弟，他班次到了。老刘，我开一辆后备车走。下班火车是最后一班终点车，查完就散了，等汽车站那边的消息。"

"一个都不放过！记住了没？宁可重复查一个人，也不能放掉一个！每个人都要查，吃不准男女的都要查！"

二队的老刘笑了笑，让他放心去。

全是便衣。

楚稼君拖着两个巨大的行李包，艰难下了火车。光是视野范围里，男女便衣至少有十个人。

没有其他的出站方式，除非翻铁轨。但他怀疑铁轨范围外也有警车守着。

再往前走三十米，就会进入排查区。出口那边密密麻麻都是举着牌子的接车人，但就算是有人来接的乘客，一样会接受搜身和开包。

楚稼君觉得委屈，还有就是愤怒——负责火车站排查的人显然对普通人的安危没有任何的责任心。他把网眼收得太小，不怕自己走投无路弄得鱼死网破？

应该给自己留条路才对，比如说男厕所的窗啦，没有上锁的员工通道啦……这样才有得玩，对不对？直接被堵死在火车站，除了狗急跳墙，楚稼君看不到任何其他的出路。

他把两个巨大的包丢在地上，抱着最后的希望，把目光投向出口处接车的人海。那些花花绿绿的接人牌，或许可以成为掩护。又或者，自己趁乱混出去……

这样的话就要舍弃行李，逃出去之后连枪也要丢掉。

但能有活路。

——就这样做。

墨镜后，那双孩子一样无辜的眼睛用带着爱意的眼神扫过接车的人群，计划着下手的方向。

可就在这时，一块牌子吸引了他的注意。

“接：表弟许飞——纪勇涛”

在许飞的记事本里，记着到达A市后的行程。表哥会来接他，表哥叫纪……什么。

楚稼君愣了一会儿，摘下墨镜，提起包，朝着那块举高的牌子走去。

旁边已经有便衣靠过来，准备拦下他查包。但奇怪的是，当便衣发现他走向举着“接许飞”的牌子的男人时，突然放过了他，任由他走过去。

楚稼君自己也不明白，他只是出于好奇才过去的，接许飞的男人大概三十多岁，眉头紧紧皱着，不像许飞的表哥，更像是许飞的仇人。

纪勇涛已经等得有点不耐烦了。

出站的人越来越少，但许飞还没有来。举着牌子的手臂都快发麻了，他恨不得拿个大喇叭冲着人群吼。

就在他打算放下牌子时，一个穿着黑色高领毛衣的年轻人停在他面前。一件皮夹克搭在他胳膊上，这人的两只手提着两只大得离谱的行李包。

年轻人微微睁大眼睛看着他手上的牌子，然后注视着纪勇涛的眼睛。他们直视对方双眼的刹那，都不约而同地转开目光。

某种贯穿脊柱的冰冷电流同时让纪勇涛和楚稼君的后颈紧了紧。

纪勇涛先开的口：“许飞？”

“你是许飞？你是……许飞？”

在纪勇涛努力想对这个判断表示质疑的时候，年轻人笑着点点头，笑得腼腆而无害。

楚稼君注意到，在这一刻，身边原本缠绕着的那些监视的便衣瞬间消失。

纪勇涛想替他提行李，楚稼君只把属于许飞的那个装着日用品的行李包给了他。两人走向停在马路对面的车，车门拉开时，里面涌出一股呛人的烟味。

纪勇涛问：“你行李怎么这么重，车都给压歪了。”

“几号报到？我要有假，就开车送你去。”

楚稼君报了那个录取通知书上的日期。他已经想好了借口，比如要参加大学开学前的新生交流会，提前搬进寝室，直接和这位表哥分道扬镳。

纪勇涛又开始唠叨：“你一个人搬寝室行吗？这么多东西。开学前你住我那儿啊，你妈连伙食费都给我汇过来了。

“你那头发是怎么回事？开学前得剪了吧？学校会没有意见？”

楚稼君嘀咕：“又不是读警校。”

纪勇涛：“还警校呢。你敢在警校里留这头发，头皮都给你铲了。”

楚稼君：“勇哥读过啊？”

纪勇涛一只手开车，一只手从口袋里掏了张证件递过去。

——看清证件上的单位和职位时，楚稼君愣在后座，蒙了很久。

02 chapter

第二章

纪勇涛在前座开车。表兄弟很多年没见面，也确实没什么话好说，无非就是寒暄几句，夸夸表弟上进。

大概是职业病，纪勇涛很能和人套近乎，他以为自己能引许飞主动开口，可聊了一会儿，他发现表弟对很多事情都在避重就轻。

比如问阿姨家好不好，就只回答“都好”；问家里人现在都在做什么生意，就回答“还是以前那些事”。

纪勇涛把这些归结于长途跋涉后的疲惫与怕生。沿海的小城，相对闭塞，许飞也许和那里的许多年轻人一样，不太擅长和陌生人交际。

楚稼君决定动手了。他发现要伪装成许飞骗过纪勇涛，难度远比想象中要大。

这人对自己毫无防备，一旦车穿过无人的小路，他就立刻动手。

突然，纪勇涛踩了刹车，车在路边停下。他转过头，看着“许飞”表弟。

纪勇涛开口：“让我看看。”

楚稼君浑身的寒毛在这一瞬间立了起来。

纪勇涛说：“我还没仔细看过你呢，总还觉得你是那个把鼻涕擦在裤兜里的小屁孩。”

纪勇涛又嘀咕：“怎么长着长着，完全没小时候那样了呢？”

一只手伸到楚稼君眼前，他本能地向后躲。纪勇涛轻声说了句“不许躲”，一把将手盖在他的脑袋上，狠狠揉了几下。

车子重新发动，开回了家。

楚稼君口袋里的手松开了，手心全是冷汗。

纪勇涛说：“快到了。回去收拾一下，晚上带你出去吃烤串。”

楚稼君看向窗外，他先是看见了一条水流平静的河。沿着河岸，车开进了一处小区，在暮时的残阳下，小区名闪闪发亮。

爱呀河小区。

小区很新，电梯里的覆膜都还没撕掉。刚好是棉花厂下班的点，回小区的自行车和步行者络绎不绝。

纪勇涛的车也不得不开得很慢，时不时还被人拦下打招呼。有个被叫作周老师的男人一路跟着车窗走：“勇哥啊，你帮我那边打声招呼呀。学生打架算什么啦，怎么能抓进去啊？”

纪勇涛：“都跟你讲了几遍了，动刀了性质不一样了，学生现在还躺在骨科！”

周老师：“那你跟辖区打声招呼啊，要不然校长也天天找我……”

纪勇涛和周老师絮叨，右边车窗又围过来一个胖乎乎的大姐，她敲了敲楚稼君那边的窗，楚稼君愣了一下，摇下窗。一篮子新鲜带着水的小葱和白菜被丢了进来，纪勇涛匆忙谢过这位热心的邻居，又扭头去劝那个有点儿拎不清状况的老师。

有接孩子放学的，有棉花厂里一起下班的年轻小夫妻，有拿着烟盒出来遛弯的老头，有围着路边摇爆米花机子的孩子……

砰的一声巨响，好像枪声。楚稼君眼神猛地转过去，紧接着听见孩子们欢呼，是爆米花出炉的声音。

纪勇涛的声音从前面传来：“想吃爆米花？”

一只手夹着两块钱纸钞递到他面前。

纪勇涛说：“你先下车去买，顺便买点米糕。我去停车，待会儿楼道口见。”

楚稼君接过纸钞打量，一块钱面额的钞票对他来说已经有点陌生了，在手里有些潮，还皱巴巴的。

他拎着两网袋的甜食回去，看见楼道口的纪勇涛时，楚稼君的心又悬了起来——纪勇涛一个人卸了全部的行李，正重重地把楚稼君的那个危险品皮袋丢到地上。

他几乎听见里面金属碰撞的声音。显然，纪勇涛也听见了。他困惑地看着地上的行李，蹲下身隔着皮料捏了捏里面的东西。

楚稼君脱口而出：“是拉力器和哑铃！”

楚稼君："我在健身，都从老家带过来了……"

纪勇涛："……几公斤的？"

楚稼君："二十的那种。里头有俩……"

纪勇涛蹲地上，用复杂的眼神看着这个表弟。就在楚稼君担心他会开包看看那堆"哑铃"的时候，男人起身伸出手，用力掐了两下他的胳膊。

纪勇涛赞扬道："唔，是练得挺好。"

纪勇涛的家相对普通的单身汉来说，已经算是很整洁了。

尤其是厨房，干净得就像没用过，一看就知道根本不做饭。平时吃饭都在单位，休息日也就在门口的烧腊店买个盒饭凑合。

他提前给许飞收拾了住的地方，在客厅拉了张行军床，弄个铺盖。楚稼君打量着这间屋子，看见客厅桌上放着的工资条。

桌上有旧报纸、水电单、发票，最上面随手丢着张工资条。

纪勇涛的津贴，加上补贴和奖金，发了二百九十元。

楚稼君笑出声："好少。"

纪勇涛抽了一下他的后脑勺："你有本事赚得比这多。"

楚稼君："我出去打工就行，我打工很赚的！"

纪勇涛笑："你会啥啊？打啥工啊？谁要你啊？"

两人闲扯几句。本来放下东西就要去吃晚饭的，结果正商量着要走，纪勇涛接到单位通知，让他去开个会。

他带上车钥匙匆匆出门了。门关上的一瞬间，楚稼君整个人都松了口气，瘫坐在沙发上。

十秒钟后，他又坐起身，背起地上的行李包。纪勇涛被单位叫走了，自己要走就趁现在。

楚稼君将沉重的包背了起来。可就在下一秒，皮质布料抵达极限的撕裂声，轻快短促地响起——

伴随着金属和纸钞碰撞在木地板上的各种响声，包里的东西壮观地倾泻满地，一发不可收拾。

纪勇涛那张不满三百元的工资条也被压在了钞票堆成的山下。

“楚稼君”这个名字，是第一次出现在会议室的白板上的。

“脸谱”组织最早有八个人，在几次行动中和警方起冲突，其中有四人被处决。剩下的三人，在大年初三时被发现。

部分成员的身份已经被锁定，警方顺藤摸瓜找到了他们老家的家人。像这种人，很多其实都有家室，男人在外面犯事，妻子和父母在老家用那些钱去做经营。

合作多了，团伙内部也会关系紧密，经常认结义兄弟，还会带兄弟们回家吃饭。有一个人的妻子招供，在三年前左右，丈夫把一个“兄弟”带回了家。

她感觉得到，丈夫很敬畏这个年纪不大的年轻人。

李宇说：“这人犯了多少次事，目前不太清楚。这种人都是用手上的经验来论资排辈，年龄反而是其次。”

“她男人和她介绍的时候，说这人叫‘小楚’。这女人记得很清楚，‘小楚’随后就告诉她，自己叫楚稼君。”

纪勇涛：“可能是假名假身份。”

李宇：“也可能这个身份根本没上户口。就算告诉别人真名，档案里也查不到。”

“这人的头发挺久没剪了，全程都戴着墨镜不露脸。她判断他的年龄主要是看下半张脸还有听声音，感觉这人可能年纪不大。”

“还有就是……”

李宇翻了翻资历。

“这人不吃辣。”

纪勇涛：“什么？”

李宇：“女人是绵阳人，晚上做了辣的那种羊肉，楚稼君吃了一口就狂喝啤酒，好像吃不了辣。”

会议室里响起一阵低低的笑声。

李宇：“然后有一次，她男人托她在老家弄了个冷库。她做肉品生意，所以家里有很多个冷库。她男人让她开个新冷库给‘楚稼君’，说楚要用。”

纪勇涛：“楚也想做肉品生意？”

李宇：“她起初以为是的，所以帮忙帮得很积极。如果楚稼君也想一起来做生意，就要借她家的人脉，这样，她老公的地位也会变高。这种团伙里头也讲究这个，毕竟不打算一辈子违法乱纪，谁家会做生意，地位就会高。”

“楚稼君没用那个冷库进货，就是自己在用。所以这女的就很好奇，他用这冷库在存啥——她起初以为是人参鹿茸之类的。”

纪勇涛自己往下翻了翻口供材料，影印件很模糊，但能从原辖区发到 A 市的大队，说明这人的问题很大。

然后，他看到了那段话。在口供后面，还附有冷库内的黑白照片。

直接自己往后看材料的不只纪勇涛一个人，但会议室里反而陷入了死寂。李宇没有继续说了，大概就算凭借他的阅历，也很难组织语言把这个人的情况清晰地说出来。

纪勇涛合上材料。在沉默中，不知谁开口问：“那么这个楚稼君，现在流窜到哪里去了？”

关键就在于，没人知道，这个人现在在哪儿。

楚稼君刚收拾好所有的东西，门口就响起了开锁声。

纪勇涛回来了。

看见家里的灯亮着，他显然还有些不适应，在门口呆呆地站了几秒。然后，纪勇涛苦笑着问：“家里是什么味道？”

在两个小时前，整个客厅的地板上铺满了崭新的钞票。味道混杂在空气里，形成了某种微臭的油味，楚稼君找借口：“刚才肚子饿了，去街口打了份酱汤小馄饨。”

纪勇涛：“这小馄饨店的老板刚修完车吗？咋油烟味儿这么大？”

楚稼君：“是挺难吃。”

纪勇涛看看钟，八点了。他也有点不好意思，意外多了个会，导致许飞跟着饿肚子。

他从玄关拿了摩托车钥匙，带表弟出去吃烧烤。

爱呀河边上有不少的烧烤摊，到了晚上就沿着河岸一字排开。天气冷的时候，大排档座位上坐满了人。

纪勇涛点了些牛羊肉。他问许飞有啥忌口没，许飞说不吃辣。

许飞的老家是沿海以海鲜著称的某地，当地人确实不吃辣。

纪勇涛让老板少放点辣，叫了一打冰啤酒。从冷柜里拎出来的啤酒粘着冰碴子，让纪勇涛想起会议材料里的那堆黑白照。

楚稼君熟练地把头发盘起来，用桌角开啤酒盖子。晚上八点，有几桌人已经喝得烂醉，在旁边乱叫。有个不怕冷的男人赤膊坐在一堆牛羊肉串前面，浑身的皮肤因为酒精而通红发热。楚稼君看着他，有些发呆。

醉汉发现有人在看自己，也转过头，对上眼神。纪勇涛本来在点菜，看见旁边桌的几个男人站起来围住许飞，就知道出事了。

许飞还傻傻地看着那个带头的醉汉，在纪勇涛看来，表弟确实呈现出一种缺乏被街头混混教训的天真。

男人走到楚稼君身边，抓住他盘起来的发髻晃了晃："你看什么看？问你话呢。"

大排档的醉汉酒后闹事，几乎是夜间常见的接警理由。爱呀河小区里，那个周老师的学生就是晚上出去吃大排档，结果起了冲突，把对方两人送进了医院。

纪勇涛起来劝架。对方没理他，还拽着许飞的头发。

等对方五个人回过神，发现边上已经围了八九个大汉，全都是和纪勇涛一样刚刚开完会、出来吃个消夜的警察。

见形势不对，醉汉被其他同伴拽走了。

楚稼君怔怔地坐下，看对面的勇哥和那些来帮忙的人打招呼。他回过神，想起来爱呀河小区好像是单位分房。

一部分是分给棉花厂，一部分是……

纪勇涛："出去别惹事。不过在附近，遇到事情也不用怕，都是我同事——哎，大家认识一下，这是我表弟许飞，大学生。”

一瞬间，将近十个来自各个部门的人员围着楚稼君，拍肩的拍肩，夸有出息的夸有出息。

同事 1：“这长相看着就很乖，就是头发有点长。”

同事 2：“你懂啥，这叫摩登，国外玩乐队的都留这种头发。”

同事 3：“来来来喊一声刘叔，以后出去罩着你。”

楚稼君：“刘叔。”

纪勇涛：“真喊啊？你个傻子，第一次被这么多警察围着都吓傻了。”

——他上一次被这么多警察围住还是在疾驰的吉普车上。

纪勇涛：“小飞你打招呼啊。”

楚稼君：“大家好，我叫许飞，来读大学的。”

同事 4：“勇哥，你弟这语气就像个嫌疑人在招供。”

纪勇涛送走几个同事。这些人今晚还有巡逻任务，要排查可疑人员。有人还和楚稼君开玩笑道：“小飞你当心点，要是忘带身份证被查了，勇哥就只有去看守所接你了。”

纪勇涛：“你们组要查多久啊？”

同事：“两周，看见差不多的男的就要查。”

——转身的时候，楚稼君能看见他们腰上枪带的印子。

紧接着他突然意识到，自己现在的状况，从某种意义上讲才是绝对安全的。

纪勇涛以为他是许飞，整个辖区的巡警也以为他是许飞。借着许飞这个安全的身份，他可以正大光明地去任何地方。

或者说……

只要许飞的家人不出现，这个身份，他就可以一直用下去。

楚稼君的食欲顿时好了许多。吃完烧烤，纪勇涛去小卖部买烟，顺便给他刻一把家里的钥匙。楚稼君独自回去，心情好到哼起了歌。

当他经过小巷时，有一个人拦住了他。没有路灯的巷子里，凭着月色，他看出这是刚才闹事的醉汉。

这个男人显然对自己的埋伏感到得意："刚才被你逃过去了。"

——现在你落单了。

他笑得很开心。月色照不到的阴影里，楚稼君也一样，笑得很开心。

03
chapter

第三章

纪勇涛觉得最近的地板有点潮。

南方湿冷的冬天很伤木地板，客厅有小半边的地板都凹凸不平了。

哪天有空打个蜡，要是烂了就麻烦了。

他不知道，在自家木地板下面的空隙里，多了些东西。

许飞几乎每天都睡到下午才醒，他打着哈欠随便抓起头发，然后去刷牙洗脸。

晚上又不睡觉，看电视看到深夜。纪勇涛有时候通宵值班，回来看见客厅里的电视机还亮着，许飞在沙发上睡着了。

电视机边，电影录像带的数量在急剧增加，纪勇涛不知道许飞哪来这么多钱买录像带，许飞说，自己在开学前打工赚零花钱。

纪勇涛："你晚上打工别太晚回来，不知道上次小区附近发生了凶杀案吗？"

楚稼君："欸，我还去看了！"

纪勇涛揪起他的耳朵："有空去看热闹你没空把家里收拾干净吗？！杯子里都有蟑螂爬了！蟑螂怎么没把你吃了！"

楚稼君丧着脸被踢去扫地，他住过的地方和狗窝一样。纪勇涛说："你该不会把我家当招待所了，还等着阿姨每天来收拾吧？"

离开学还有两周，开学后，"许飞"就要搬去宿舍，只有周末回来两天半。

楚稼君的计划很清晰——把藏在纪勇涛家里的钱慢慢转移出去，顺便摸一下A市的情况，在这里重操旧业。

他在三站路外盘下了一家店，把它装修成西餐厅，当作自己的中转站，和外面的人联络都在这里。

至于找合伙人，本地有本地的地头蛇，能帮忙接上线、码到盘。

但楚稼君这次的码盘很不成功。他的名号在道上很响，可之前背叛同伙的事情又让他的声望降到了谷底。

道上的规矩就是这样，谁如果之前传出内讧的事，下次组人就很难了。钱给得再多都没用，毕竟大家都知道这家伙言而无信。

纪勇涛就觉得，这几天，许飞闷闷不乐的。

纪勇涛问："是不是打工的时候被人欺负了？"

楚稼君应付地点点头。

纪勇涛披上夹克，把表弟拎起来："走，去看看你打工的地方。”

纪勇涛还不知道他在哪儿打工，但隐约听说好像是在餐厅里端盘子打杂。

楚稼君混不过去，只好忐忑地带着他站在那间西餐厅前。

从表面看，这只是一家生意冷清的低档餐厅，卖的东西就是炸猪排和面包。

两个黑着脸的服务员靠在门口打哈欠，见到客人也不会招呼。

纪勇涛冷声问道：“你们经理是谁？”

两个服务员都看着楚稼君，然后对视一眼，神色困惑。

楚稼君把纪勇涛往外拽：“算了勇哥，算了，其实没什么事！”

纪勇涛要等经理来讨个说法，还说讨不到就打工商局的电话查这家店的证。

楚稼君摆摆手：“算了算了，其实我不打算再在这儿干了！”

坐在摩托车后座，楚稼君闷了很久没有说话。

纪勇涛：“你家里人就是担心你出来被欺负才把你托给我的，有委屈就告诉我。你来这儿是读书的，不是来吃亏的。”

楚稼君把脸贴在他背上，能闻到很重的烟味。

纪勇涛：“你今天怎么话这么少？”

楚稼君：“勇哥，你为什么一个人从老家来这儿当警察啊？”

在这段时间里，他发现了一件奇怪的事——对自己来说肯定是好事。那就是，纪勇涛也是孤身一人在异地生活。

他原来担心许飞还会有其他亲戚在这儿，或者纪勇涛那边还会有人和老家有联系。但现在看来，他们俩就好像从老家漂流到了这座南方城市，成了孤岛上的两个人。

纪勇涛的背挺了挺，好像是笑了声。

他说：“他们没和你讲过我家的事？”

楚稼君：“……我不太听这种家长里短的。”

纪勇涛：“我爸妈分开了，我跟着我妈。后来我妈和老家的人再婚了，我那时候读初中，要大不大要小不小，留在家里不太方便，就跟着一个老乡出来闯了。”

“就刚工作那年回家见了我妈一次，挺尴尬的，那个男的坐在沙发上抽烟，他们的孩子都不认识我，我妈也不好意思招呼我。见了一面，就提前买票回来了。”

楚稼君：“这么多年都一个人过？”

纪勇涛：“过惯了。”

楚稼君：“不烦我啊？”

纪勇涛：“不会啊，多个人也挺热闹的。你至少在这儿待四年吧？”

楚稼君：“……快开学了，我要搬去宿舍了。”

纪勇涛：“周末回来吗？”

楚稼君不假思索：“回啊，当然回啊。”

纪勇涛一开始选去警校，是因为觉得这工作能把日子撑满。

日子撑满了，人就没力气去想很多有的没的。每天回到家精疲力竭倒头就睡——要是睡不着就会很难受，这么多年，一个人在外面累积的孤寂就像梦魇一样，沉沉地笼罩在他身上。

不敢去想妈妈家的情况。她和现任丈夫有了新的家庭，有属于他们自己的孩子，纪勇涛像个型号过期的零件，没办法和他们的生活匹配。

她会给孩子们织毛衣，送他们上下课，带他们去公园，每天为他们做热腾腾的饭菜。

孩子们不管多晚回家，家里的灯都是亮的……

摩托车停下等红灯时，纪勇涛看着斑马线上牵着手过马路的一家三口。许飞的声音从后面传来："勇哥，你为什么不自己弄一个家啊？"

纪勇涛："我不知道家该怎么弄。"

楚稼君："家不就是……找个女人，生个孩子，一三五你洗碗，二四六她扫地。"

纪勇涛："我没空陪孩子的。"

楚稼君："找个不想要孩子的女人呗。"

纪勇涛："那不就是现在我和你在过的日子吗？"

楚稼君愣住了。

纪勇涛觉得好笑："这要是一个'家'，你乐意？"

楚稼君说得理所当然："我乐意啊。"

这次轮到纪勇涛愣住了。

红灯转绿。

他重新发动摩托，带着许飞回家。

纪勇涛："行吧，那我也乐意。"

两个人都笑了。

在爱呀河对岸，有一所职工小学正好放学了。他们的摩托车走得很慢，在孩子和家长之间艰难穿梭。

楚稼君看着路口，看得很出神。

纪勇涛喊他：“看啥呢？看得眼睛都直了，看见大明星了？”

楚稼君：“不告诉你。”

他刚才看着路口的储蓄所，脑海里有了一个计划。

纪勇涛：“两周后你开学，我提前请个假送你去宿舍。”

楚稼君笑嘻嘻道：“你要是能请出假就好了。”

他把头靠在纪勇涛的背上，心里想，接下来的一整个月，你都别想有合眼的时候了。

临近寒假结束，纪勇涛开始每天早上把他叫起来。

纪勇涛：“天天睡到下午跟个二流子一样，去学校还得了？”

楚稼君穿着背心短裤抱着被子赖床，连人带被子被拖到地上。

纪勇涛：“无组织无纪律，起来，吃羊肉包子。”

楚稼君被拖起来，从床上掉下两个玻璃瓶，是可口可乐。纪勇涛以为自己看错了，拿起来仔细看。

纪勇涛：“你把零花钱都用来买这个了？瓶子不用还吗？”

楚稼君打着哈欠穿裤子：“我找了个新的地方打工。”

纪勇涛看看玻璃下压着的通知书，后天入学：“你都快开学了，打什么工……”

楚稼君：“勇哥，我走读好不好？”

纪勇涛觉得孩子有点天真：“到东城新区一个半小时，你走读？你得先坐 51 路公交车到北京路，然后……”

楚稼君的眼睛亮了：“咱们去逛北京路的超级商店怎么样？里面有咖啡厅和巧克力蛋糕！”

纪勇涛怒了：“你咋不直接说去友谊商店呢？你的钱是大风刮来的？起来！”

两个人蹲在楼下的小铺子门口吃了两碟包子。有几个同事经过，给纪勇涛丢了支烟。

同事：“小飞抽不抽啊？”

纪勇涛：“大学生不抽烟的。”

楚稼君本来想伸手接，硬生生忍住了。

同事：“今天下班前可以去工会签字领电影票。你拉小飞一起去呀，刚好两张。”

比起电影院，楚稼君更喜欢录像厅。一瓶啤酒一支烟，可以在里面待一晚上。

初春快到了。这座城市在年后没有多少新闻，楚稼君中午换台换了一圈，看 B 市那家肯德家乡鸡排到街角的队伍。

纪勇涛下午去单位，晚上值通宵班，在玄关收拾东西。电视台要午休了，节目越来越少，一个接一个的电视台变成了雪花或色阶屏。

楚稼君看到这个屏幕就犯困，抱着垫子躺在沙发上打起瞌睡。

纪勇涛穿鞋出门：“我值班去了，明天早上回来补个觉，下午去看电影啊，《煤山枪声》。后天你起早点儿，咱们开车去报到。”

楚稼君：“唔……”

纪勇涛：“小飞，我走啦。”

楚稼君：“……唔，我待会儿也要去打工了……”

纪勇涛被他弄笑了：“行吧，祝你赚大钱。”

楚稼君把头埋在垫子里，嘿嘿地笑。

纪勇涛下午跟二队一起审了个人，之后回去写报告。有个同事坐过来问他联谊舞会去不去，参加者有轻纺市场的会计们，还有对面第三中学的老师，都是很好的对象。

纪勇涛说：“有假期就去啊，李宇不批我假有啥办法。”

同事：“人手不够嘛。不批假好办啊，你和老刘换班。”

纪勇涛还在考虑，内线突然响了，门口同时传来急促的脚步声，有人冲进来通知全员集合——桥头储蓄所被人抢了。

刚好是放学时间，附近有一所托儿所和一所小学，人潮密集。

三个戴面具的人冲了进去，两个人守大堂，一个人去柜上搜钱。

纪勇涛带人下车冲进去，附近的家长和学生都暂时被引入了学校，腾出步道。储蓄所临近爱呀河，在大概八百米外的过河桥边，一辆中型客车半边悬出河岸，另外半边堵住了马路，路人正在想办法把车拉住拖回来。

客车里的七个人全都是放学回家的孩子，都被蒙眼绑在座位上。

还没确定总伤亡，三名匪徒中的两人没有抵抗就在大厅被控制住了。拉开面具后，底下是两张吓得煞白的脸；手里的枪被卸下来，都是仿真模型。

这两人都是来托儿所接孩子的家长，经过小路时被人控制，接着就被套上了面具，手里塞了把枪，被逼着跟那人走。

劫持者声称把孩子交给自己的同伙，以此胁迫家长听命。

纪勇涛再分了人出去找孩子，很快就找到了，在一个冷饮站里头吃雪糕。

冷饮站的老板也不清楚状况，就知道来了个戴着墨镜、口罩和绒线帽的男人，先送过来一个小孩子，隔了十分钟又送来一个，留了一百块，让孩子随便吃赤豆棒冰。

他精明的地方就在于先后挟持住两个家长，两人彼此不认识，隔着面具也没办法看清表情，都以为对方是匪徒的同伙。那人就让两人端着枪控制大堂，自己优哉游哉进去搜钱。

三个人进了储蓄所，真正的匪徒走在前面，控制住了保安，对柜台扫了几枪，里面的人就以为剩下的两把模型枪也是真的。

钱被打包装进编织袋，那人用枪指挥着储蓄所里的人装钱、搬运，等钱都被搬上了那辆停在门口的中客车上。

这辆接孩子的客车最先被劫持，提前停在储蓄所边上。等钱装够了，劫匪就命令司机开车。

孩子们的眼睛都被蒙了起来，只记得中间有一次停车，停了大概三分钟，有车门开关的动静。接着，他们听见这人命令司机，把油门踩到底。

有孩子记得很清楚，车快速往前蹿去，然后是一声枪响，从驾驶座那边传过来的；几秒钟后，就是客车撞断桥边的护栏、半截冲出河岸的动静；最后就是大家围过来想把车拖回去，他们得救了，但是那个匪徒失去了踪影。

纪勇涛检查这辆客车。劫匪命令司机踩死油门后就直接动手，肌肉的痉挛导致油门一直处于被踩死的状态，直接冲出河岸。左后侧有一扇车窗是开的，他在窗口采集到残缺的脚印。

在车进入全速急驶、直到冲入河岸的二十多秒里，这个人从飞驰的车上跳了下去，隐去了行踪。

他们重新检查这辆车开过的路线。

李宇沉声分析：“他先是让司机把车开出去，绕过河岸车道，沿着爱呀河另一边开，到一个计划好的地点停下车，将钱袋全部丢出去。但是这时候他还在车上……然后就是让司机踩油门，下手，跳车逃匿。”

纪勇涛：“有个小孩说，停车的时候他闻到了爆米花的香味。停车点附近有爆米花摊子，这边在放学时有大概两个摇爆米花的，一个在小学门口，一个在……”

他对着笔记本上的手画地图皱起眉头，因为另一个摊子，在爱呀河小区的东门。

李宇：“胆大包天啊这是……咱小区垃圾投放点是在东门后头吧？”

李宇：“我记得早上六点清垃圾，那么多垃圾袋，里头多几个编织袋，没人会注意到……”

李宇：“你去通知二队，继续装作严查储蓄所附近。找人换个清洁工的衣服，去小区垃圾站那边翻个袋子看看，别引人注意——这人肯定会回来取钱的。”

纪勇涛安排下去，找了个外形条件符合的人换了旧清洁制服，带着杀虫剂去垃圾站看情况。那边果然多了几个灰绿色的编织袋。

同事用钳子挑开最上面的袋子看了眼，确定里面都是成捆的百元大钞。

李宇：“蹲等他，他肯定会来拿钱。”

一组人在附近埋伏下来蹲守。附近的居民都知道储蓄所出事了，出门倒垃圾的人比往日来得少。等到晚上九点，几乎就没人了。

这时，一个熟悉的身影出现了——里头瞎穿着家里的背心短裤，外面披了件纪勇涛的皮夹克，就在微冷的春风里哼着歌晃荡了过来。

纪勇涛在心里骂了一声，旁边搭档的人也认出了那是谁，忍不住笑："哎哟，大学生出来丢垃圾了。"

纪勇涛："添乱。"

许飞丢完垃圾，居然还不走，打算在路边抽烟。

同事："谁说大学生不抽烟的？"

纪勇涛：……

他们发现许飞没带打火机。年轻人想借火，左右看了一圈，看上了他们在马路对面盯梢的车。

许飞跑过来拍车窗："兄弟，借个火。"

车窗摇下来，纪勇涛寒着脸看他。许飞一愣，还没反应过来，就被表哥一把揪上了车。

04

chapter

第四章

楚稼君：“你们是在盯梢啊？是不是今天对岸那个抢储蓄所的？盯到了吗？”

同事叹气：“大学生，要是盯到了咱们还在这里盯啥啊？”

纪勇涛：“车里人太多了，散两个人出去，到东西两边。”

同事：“你让大学生回去呗。”

纪勇涛：“他管不住嘴怎么办？”

楚稼君：“勇哥我想抽烟……”

纪勇涛：“你最好待会儿连烟屁股都给我咽下去。”

车里只剩下他们两个人。凌晨了，许飞困了，在后座蜷着睡了下去。

他在睡梦里听见无线电的声音，各处都在报告，说没发现可疑人员。

早上六点，垃圾车缓缓开进了他们的视野。劫匪依旧没有出现。

纪勇涛："派车过去跟着垃圾车，对方可能会劫垃圾车。"

楚稼君睡眼惺忪："这一晚上的到底在蹲啥啊？这玩意儿都在垃圾堆里腌渍一晚上了，换作是我就不要了……"

纪勇涛本来没打算把他的话当真，可在挂上对讲机的刹那，他突然滞住了。

他拉开车门冲向垃圾堆，制止了搬垃圾袋的清洁工，直接拉开编织袋——一袋钱散落出来，旁边的编织袋里还是一袋钱……

但是，被压在下面的第三个袋子、第四个袋子、第五个、第六个……

——里面装满了废报纸。

两个搬家工愿意提供线索。在储蓄所被劫的前两天，有人打电话给他们，要他们帮忙搬东西。

要求很离奇——在下午五点零五分，准时抵达爱呀河小区东门外的垃圾站，搬走地上所有的灰绿色编织袋，送去城市另一头某个码头的临时仓库，东西放下就走，不用和委托人交接。

虽然奇怪，但那个人给了很多钱，装着现金的信封直接塞进了工头家的邮箱里。

回溯时间，劫匪将钱袋抛出车是在五点零三分。两分钟后，搬家工就在不知情的情况下转移走了这些钱。而且路线都是算好的，搬家车从办公点出发、抵达爱呀河小区、开往码头，整条路线是规避了案发现场的。

工人顶多觉得河对岸有些吵闹，并不知道那边发生了什么事。

这人从飞驰的客车上跳车，回到垃圾站，这时候钱袋已经被运走了。他可以把事先藏好的、装满废报纸的编织袋丢进垃圾堆，最上面叠两包从车上带下来的真钱袋。最后，前往码头。

按照时间差，搬运工已经依照约定放下了钱袋。他游刃有余地将那些钱转移到了另一个安全处，避开了所有危险。

全程只有一个人，单枪匹马。

三周后的某个深夜，纪勇涛从单位回来了。

东西和包都丢在沙发上，刚丢上去，就听见一声“啊”，纪勇涛吓了一跳，旋即意识到，是许飞睡在了沙发上。

纪勇涛起初没觉出什么，推了把许飞的脑袋，让他继续睡；又突然想起来，这人现在应该已经开学了。

纪勇涛：“怎么没在学校里？”

楚稼君：“我还是走读了。”

楚稼君编得有鼻子有眼，比如一个寝室八个人，七个都是本地人，欺负他一个从外地来的……

本地话听不懂，老师说话口音重，功课跟不上……说着说着，他发现纪勇涛只是点头，眼睛合了起来。

这人太累了。

人疲惫到了极限，在哪儿都能睡下去。纪勇涛靠着沙发睡了，轻声说了句，回来也好……

楚稼君蹲在他面前，确定他真的睡着了，脸上才露出掩不住的笑容。纪勇涛回来了，说明侦察告一段落，这桩案子就像很多从前的悬案一样，难以侦破。

他用许飞的身份去大学报到，还去听了一轮课，发现完全听不懂。最后丢了两百块给同学，让对方帮忙签到。

许飞考的专业是生物学，课程里面的解剖课大概是楚稼君唯一感兴趣的。

纪勇涛睡到半夜，忽然感觉有人在自己身边翻东西。他睁开眼，借着窗外的月色，看见是许飞蹲在沙发边，翻自己的衣服口袋。

许飞见他醒了，略笑了笑："勇哥，你在沙发边睡着了，我想把你拖回沙发上……"

纪勇涛躺倒下去，抱着夹克继续睡。楚稼君确定他没注意到地上被拉开的背包，无声地将背包踢到沙发背面。

他刚才翻纪勇涛的包和口袋，是想看看里面有没有调查卷宗或者线索，结果这人醒了。

——似乎没有带线索回来。

楚稼君蹲下身拉上拉链，刚拉上，一只手从沙发上伸过来，抓住了他的手腕。

他的后背瞬间起了冷汗，接着就听见纪勇涛含糊的声音。

纪勇涛说："你去睡吧……我今晚睡沙发……"

纪勇涛闭着眼睛，摸索着皮夹克的口袋，摸给楚稼君几张皱巴巴的纸："零花钱够吗？我最近忙……"

——他以为自己给许飞的是纸币，但其实是那两张过期的电影票。

楚稼君："勇哥，是电影票。"

纪勇涛半梦半醒，叹了口气。

纪勇涛：“嗯……电影……去看吧……”

楚稼君：“过期了。”

纪勇涛勉强睁开疲惫的双眼，苦笑着看他：“明天陪你去红星影院。”

周六，两个人去逛了超级商场。

一楼有个黑森林西餐厅，一套咖啡和蛋糕是十块钱。纪勇涛拉着楚稼君进去，找了个靠窗的位置坐下，要了一份套餐，自己点了杯白开水，一块五。

纪勇涛揉着太阳穴：“这杯水他最好给我放进黄金杯子里头送上来。”

楚稼君：“勇哥你不吃吗？”

纪勇涛：“我吃这个干啥。给你点的。”

楚稼君含着甜品勺子一脸无辜：“你不是嫌贵吗？”

纪勇涛：“之前太忙了，本来要陪你入学报到的，结果等忙完，你都自己弄完了。”

他又问：“你跟同学处不好？”

楚稼君：“他们欺负我一个外地人。”

纪勇涛又点了瓶可乐，推到他面前。

纪勇涛：“喝可乐。现在走读了，不跟他们住，咱们过咱们的。”

楚稼君：“勇哥我还想吃肯德基。”

纪勇涛：“我卖血养你好不好啊祖宗？”

两人去电影院看了《煤山枪声》，是警匪片，讲的是几个匪徒占领了一座煤山矿场，最后被击毙的故事。影片最后的字幕放了一段教育文字，告诫观众不能走上不劳而获的犯罪道路。

楚稼君："我觉得这里面几个人，劳动量其实挺大的。"

纪勇涛："那不是更傻，累了半天啥都没捞着还被毙了。弄不懂，好手好脚不去干活，都往这条路上走。上次还抓了两个抢金店的，都十八九岁，问他们为什么做这事，就说想要钱，没别的。"

楚稼君："但有钱了想买什么就能买什么呀。柜台里一块进口表都要一百五了，一个月工资才七十块。"

纪勇涛："你还嫌我赚得少？"

楚稼君："你能每天陪我吃黑森林西餐厅吗？"

纪勇涛："我能每天陪你。"

楚稼君没回答。

也许自己都觉得这句脱口而出的话好笑，纪勇涛笑了笑："你也就是现在一个人在外地读书，等回去了，家里人都在，每天都有人陪你。"

楚稼君还是没有回答，直勾勾地盯着他的背影。马路边红灯转绿了，纪勇涛向后伸手拉过他，揽住肩，跟着人群走过城市的残阳。

那件很久没有清理的皮夹克有股很微妙的烟臭味，不好闻，但楚稼君已经熟悉了它的存在。

它在他的身边越来越浓，侵入了这个本来无色无味的世界。

小区外有夜市，入夜后渐渐热闹起来。他们往回走，一路上都被邻居打招呼。有个打气球的摊子边围满了年轻人，玩具枪打中二十个气球，大奖就是录像带。

纪勇涛想去玩，但旁边经过的邻居马上揭穿了他的职业，老板挥挥手不接他的生意。

纪勇涛钱都付了，索性让许飞去玩。

楚稼君笑嘻嘻打了一枪，打歪了。

纪勇涛：“真笨，三点一线，用右眼看，三个点对准……”

楚稼君：“手冷，抖，对不准。”

纪勇涛抓过他的手，塞进自己的夹克口袋里暖着。楚稼君的手在口袋里乱动，挠他痒痒。

有两个下班的同事经过气球摊子，拉纪勇涛去抽烟。他留了一块钱给楚稼君玩，自己跟着同事去了河岸边。

老板问这个菜鸟：“枪给我，我帮你上弹……”

他刚伸手过去，就听见“咔哒”一声，这个年轻人熟练地给玩具枪上了弹，然后对准气球板，连着打破了将近一半的气球。

楚稼君拎起录像带，脚步轻快地走了。他在小区门口拦了辆出租车，去了他盘下的西餐厅。

桥头储蓄所的事在道上传开了，地头蛇“胶卷”联系他，有几个人愿意和他搭档干活。

“胶卷”是本地地头蛇，本名不明。接头的地方定在楚稼君的西餐厅，餐厅已经歇业了，门口有四个人，三男一女。

那个微胖的中年女人就是“胶卷”，就像个菜市场里有些刁蛮的家庭妇女，四十岁上下，眉毛画得黑黑的，穿着米色布衣。

另外三个人都很年轻，已经“结拜”了，报的是江湖称号，有个叫陈小虎的，楚稼君以前听说过。

陈小虎的爸爸是个路霸，以前在Z州那边活动，而且带着孩子一起耳濡目染。上次他爸被抓了，陈小虎先是流窜到S州那边，本来因为仰慕“脸谱”，托中间人找过楚稼君，没成；后来进了一个偷车团伙，没过多久据点被冲，刚好就是楚稼君那边起内讧的时候。

楚稼君：“上次为什么没成啊？我觉得你挺有天赋啊，看看这胳膊练的，穿短袖也不冷。”

陈小虎：“上次那个中间人找不到您。我从小跟我爸练过内劲，不冷的。大哥想学我可以教你……”

楚稼君：“别了吧，要是这内劲有用，还能给抓了？”

边上几个人都低声笑，被陈小虎一脚踹开一个。这三个人里面，看起来他是大哥。

但陈小虎要认楚稼君当大哥。在这条道上，偷是下三路。

楚稼君：“我的事儿你都听过？”

陈小虎：“听过，我不怕。当小弟的，跟大哥反着来，本来就该这下场。”

楚稼君：“我的其他事儿呢？”

陈小虎：“也听过。”

楚稼君拿钥匙开了门，黑色的店里，他走向后面的食品库。里头有个小冻库，冻库推开，冷色的日光灯不断频闪，照亮了里面堆得满满的钱。

他随手拿起几捆丢给胶卷。女人拿钱走了。他又丢了几捆给三个人，每人先给了五万。

几个人平时最多小打小闹，第一次拿到整整齐齐的五万元大钞，都不知道该往哪里放，眼睛闪闪发亮。

陈小虎目不斜视，还是盯着楚稼君。冷库里有张拉起来的帘子，后面的东西，也许和江湖传闻里一样。

他们等楚稼君开口发配任务，或者规矩，或者称兄道弟的陈词滥调。但楚稼君挥手让他们都散了，下周二晚上再聚。

陈小虎抱拳："大哥还有什么要小弟帮忙的吗？"

楚稼君："大哥没有什么要小弟帮忙的，大哥要回去看录像带了。"

三个人静了一会儿，不知道谁带头夸起《男儿本色》，接着就开始聊女明星，几个血气方刚的小年轻兴奋地聊个没完。

灯突然暗了，几人才抬头回神，发现楚稼君早就走了。

家里，纪勇涛已经回去了，电视机开着，他在阳台上浇花。

楚稼君："我回来了，跑去买了个录像带。晚上一块儿看吧？"

纪勇涛："哦哦！你等等，有个事儿！"

纪勇涛搓着手跑回客厅，看上去郁闷的心情稍微有点缓解。他从厨房拿来两瓶玻璃洋酒，说是同事送的。

纪勇涛："你看看，上面都是英语字儿，我看不懂，这是啥酒？怎么喝？温的冰的？"

楚稼君："洋酒都冰着喝。"

纪勇涛："你咋知道？你去歌舞厅喝过？"

楚稼君："我看录像带里，外国人都加冰的。"

纪勇涛一定要他看看那堆英文说明。楚稼君也看不懂，只能硬编。

楚稼君："说是做菜也能用。干喝也行。"

纪勇涛："度数呢？"

楚稼君："和啤酒差不多。"

纪勇涛："去拿杯子！我去楼下借点冰，咱喝喝看！"

纪勇涛弄了点冰块，倒了满满两大玻璃杯，一人一杯。楚稼君喝这酒都喝腻了，看纪勇涛一仰头就灌了一杯下去，心里给他默默数着数。

第三杯下去，他的脸色就发红了，眼神晃晃的。

楚稼君笑，索性也仰起脖子一口气干了一杯。纪勇涛说："小飞你慢点，这酒有点……"

楚稼君："洋酒都这样。"

他又给两个人都满上一杯，纪勇涛心里有郁气，醉得很快。楚稼君坐在他对面，静静地笑看他。

纪勇涛伏在桌上睡着了，他的枪带挂在客厅的衣架上。楚稼君拿出枪看了眼，这装备显然很旧，不过保养得还行。

这种型号很容易卡壳，有种说法，说是这两年警用装备要换新了，不知道会换什么型号。

他回到客厅的桌边，站在纪勇涛背后。录像机里 R 国女星温婉如水的笑颜，在发白的屏幕里时不时扭曲。

纪勇涛突然出声，醉声模糊："你在吗，小飞……"

楚稼君定定地在那儿站了很久，直到电视机的屏幕变成雪花，光线昏暗。

楚稼君默默把各部件归位，确保纪勇涛不会发现有人动过它。

背后，醉酒的男人又轻声说：“小飞，你睡了吗……”

楚稼君：“我在。”

他回到桌边，把人架起来，扶进卧室。

05
chapter

第五章

纪勇涛从噩梦里醒过来，把压在自己胸口的大腿拨开。

昨晚楚稼君也有点醉，把他扶进卧室之后，自己也倒头栽下去睡了。

这人睡相差，横七竖八地霸占了大半张床。纪勇涛捂着额头，还在宿醉和胸闷的余韵里。

早上接到老家那边来的电话，是许飞的妈妈打来的。纪勇涛把话筒丢给许飞，自己去刷牙洗脸。等出来时，电话已经挂上了。

纪勇涛问：“不多聊几句？”

许飞还穿着睡觉时的背心短裤，懒洋洋地趴在阳台上，去揪花盆里的一串红，拔了芯子塞进嘴里吸：“长途电话好贵的。”

对楚稼君来说，许飞的家人是最大的隐患。不过从这家人让孩子独自去外地报到来看，他们应该不会经常过来探望他。

许飞上面还有一个哥哥和一个姐姐，都各自成家了。父母跟姐姐住，大概两周会打一次电话过来。

他能模仿许飞的声音，也被质疑过，但用水土不服导致的咽喉炎混了过去。

可寒暑假怎么办？被要求寄照片怎么办？他成为“许飞”的时间最多也只能延续到今年六月份而已。

脱身很容易，麻烦之处是已经留下了外貌线索。他在来爱呀河的路上犹豫了，结果就是知道“许飞”的人越来越多。

晚上，楚稼君去了西餐厅。他从冻库里拿出食材，简单用油煎了煎。

他很难说清楚是什么时候开始的……好像是很多年前，听别人说，这样可以把命“吃回来”。

那个人每次看见他回去，都会琢磨一会儿：“又活下来了？”

楚稼君后来就觉得，如果不这么吃，自己在下一次行动时就会回不来了。这世上有的人在鞋厂做鞋子，有的人在轻纺市场当会计，有的人开个小冷饮店，有的人开出租车，有的人当老板。每个人都有每个人的过法，在很早之前，楚稼君就已经替自己定了过法。

在他的脑中，人生的过法并不存在其他的可能性。

半个小时后，陈小虎他们按照约定的时间来了。外面的餐桌上堆满了洋酒和进口啤酒瓶，三个年轻人狼吞虎咽，吃得杯盘狼藉。

楚稼君拎着本书过去的时候，三人还在讨论以前在北方干的事。

陈小虎："大哥你这是在……"

楚稼君："少儿英语语法。"

大学英语课的老师很严，上次代签名被抓住了，同学不敢再帮他签这门课了。

几个人纷纷惊叹："你真的会说英语？"

书还在二十六个字母那页，楚稼君除了前五个字儿，剩下的一个都看不懂。

他丢开书，决定不去勉强自己了，问那几个人："你们都没碰过储蓄所和银行吧？"

陈小虎："没有。"

楚稼君："弄辆大车，这次摸一摸储蓄所。"

他的手指点在地图上的某个地方，旁边是学校，对面是爱呀河，不远处就是大队。

几个人一愣，这是桥头储蓄所。

楚稼君："去过一次就不能去第二次了？"

有一个人不太放心："离警察太近了。"

楚稼君："他们过来的时间不是取决于距离储蓄所的远近，而是调度速度。警力不够，调度就慢。"

陈小虎："那我们怎么知道警力够不够？"

楚稼君："下周三，一个大领导过来开会，城北那边的新区会有清场，警力全都盯着那儿。"

陈小虎："哥，这种消息你是怎么弄到的？"

楚稼君给他一个眼神，陈小虎不说话了。

他把撤离路线和碰头地点告诉了几个人，关键是开车的陈小虎，他必须要在建设路的十字路口甩开追捕，只要在那里挣脱，前面就是城内铁轨。

到达铁轨的时间必须在五点零五分，最多容错两分钟。那是供煤车装货出城的时候，他们的逃脱计划也依赖于这趟货运火车。

纪勇涛从城北会议中心的布防点出来，带人对照路线图又走了一圈。

在布置会议安保时，队内有针对重大状况进行过商议。

现在的问题是警力不足，如果在那两天发生重大事件，警力要怎么调度？

李宇是不会让这次会议出现任何意外的，纪勇涛知道上级的背景，李宇的岳丈是省厅的大人物，他在官场的直觉，灵敏得如同鲨鱼。

如果没有意外，李宇这两年就要升上去了。队内对接班人有两种判断，一种是纪勇涛，另一种则是二队的刘纬德。

因为刘纬德年纪比纪勇涛大，做人不声不响，却谁也不得罪——这种时候，立功破案的数量反而是其次。

更重要的是，单位里有两个二世祖，都是交给老刘带的。纪勇涛以前遇到过这种情况，在线索明确、追捕地点清晰的情况下，李宇反而会让刘纬德带人过去，算作是那边立的功。

纪勇涛看见老刘带人从马路对面经过，两人互相摆摆手打了个招呼。按照安排，一队这次出人沿途随行保护，直到出城高速进行交接；二队负责场外安保，留在城北会议中心。

早上两边把附近的小区和学校都跑了一遍，通知明后天楼层关窗。纪勇涛的拷机中途收到了许飞的消息，他找了个小卖部打电话回去，结果是许飞想问他后天去不去打羽毛球。

纪勇涛让他找同学去，自己后天还回不来。

他刚挂上电话，就看见刘纬德也等着打电话。老刘笑得有点尴尬，打电话回家，点头哈腰地和老婆解释后天还回不去。

单位里都知道，老刘的老婆有点厉害。

打完电话，两个人一起回去。刘纬德说："你们这两天辛苦。"

纪勇涛："都一样。我们还能出去走个来回，透口气。"

刘纬德客客气气地摸出一支烟给他："反正别出啥事就好。就是担心上次那种事……"

刘纬德的担心在第一天没有成真，第二天下午四点，会议结束，一队带着主车队往出城方向去，二队留守会场，做收尾的检查。

就在这个时候，出事了。

陈小虎是这次最先闯进去的，在一片尖叫声中，四个人控制住了大堂。

然而就在不到两分钟后，伴随着一声巨响，一辆货车撞进左门，从货车上又跳下来六个人，头上戴着"脸谱"。

两边都愣了一下。一家储蓄所，在同一时刻被两伙人盯上，是做梦都想不到的概率。

枪声转瞬响起——两边都倒了两个人。

陈小虎跟着解决了一个，还想还击时，被楚稼君拽着从侧门出去了。

陈小虎：“我们先来的！”

楚稼君坐上车，摘掉头套嚼起口香糖：“对啊。口香糖要不要？”

有歹徒从储蓄所里追出来，他不耐烦地叹气，戴回头套。

楚稼君：“开车，去富民东路。”

陈小虎：“为什么……”

楚稼君：“如果我自己开车更快，我还要你干什么？”

陈小虎发动车子，经过对方的货车时，两辆车擦肩而过，咔嗒一声，楚稼君扔出一物，轻飘飘地抛进对方的车窗里。

他的口香糖吹出一个泡泡。泡泡破掉的瞬间，爆炸声从后方响起。陈小虎不敢多问一句，专注开车。富民东路离这里有十五分钟的车程，楚稼君说，在前面的农商银行停车。

和爱呀河畔的混乱相比，富民东路此刻显得无比清静。这条马路两侧种满了婆娑的法国梧桐，绿茵茵的叶影带着凉凉的春意。

陈小虎说：“我们就两个人了。”

楚稼君已经下了车。路边刚好经过一群下课的中学生，楚稼君穿过他们，就像鲨鱼经过沙丁鱼群，他出来时，手底下已经揽住了一个小胖子，径直进了银行，先控制住了持枪安保。

纪勇涛那边刚出高速就听见了紧急消息，先是桥头储蓄所，然后是富民东路的银行。

二队直接去了储蓄所门口，货车不能再用了。失去交通工具、只能背着麻袋的三个人上了辆出租车，朝着市中心的方向逃，想混进百货商场的人群里。

刘纬德带人冲进百货底楼惊慌的人群中。三人分头逃跑，有人从窗口翻出去，也有人往其他出口跑。

二队的人跟着分散追击，刘纬德追的人进了食品区，目标应该是食品区尽头的门。

柜台上挂满了红艳艳的金华火腿，底下的玻璃柜则堆满了南北干货。食品区的顾客原本就多，刘纬德追丢了那人，只能勉强往那个方向挤。

根据消息，抢了富民东路银行的那伙人往出城方向跑了，目标应该是逃出城。

正在城交出口的纪勇涛用最快的速度安排了拦截。现在是下班高峰，如果车要开得快，就要避开主干道上乌泱泱的自行车，他们的路线可以预测。

纪勇涛把地点确定在城内的货运火车站，不管是出城后往哪条公路跑，这个车站是必经之地。

在车站外停下车，他看了眼表，五点零三分。突然，有同事看到左边有情况——一辆白色的货车正从另一侧飞驰而过，向出城的公路口驶去。

同事："勇哥，全员去追？"

纪勇涛："留一辆车给我，其他人去追。"

车站里响起铃声，煤运车缓缓发动，绿车头驶出铁网。纪勇涛带着两个人开车跟上火车，他心里有另一种想法——如果今天的劫匪和上次的劫匪有关，或者说，如果就是同一个人策划的行动，他绝不会这么简单就被自己预料到。

货运车带着浓重的黑烟沿着铁轨加速，纪勇涛让开车的同事靠近火车，自己拉开车门跳了上去。

他扒着车外的爬梯，朝着顶上的煤堆爬去；在下一截车体，另一个同事也爬了上来，还带来了无线电刚才传来的消息：“白车拦到了，里面没人，只是用杆子顶着油门！”

纪勇涛在此刻爬上了车顶煤堆，下一秒，他看见了一个年轻人，那人脚边堆满了装钱的麻袋。

果然，白车就是个幌子，用来引开追捕。人早就带着钱爬上火车，跟着煤运车跑了。

年轻人眼前黑影一晃，手已经被纪勇涛拧住，头侧吃了一记毫不留情的肘击，被摁倒在如山的煤堆里。纪勇涛制伏了陈小虎，同事前后查了一遍：“勇哥，就这一个人，没第二个人了！”

纪勇涛：“就你一个人？”

陈小虎没说话。

纪勇涛：“绝对不只你一个，你被你的同伙卖了。他人在哪儿？”

百货商店里，追凶的刘纬德从人群和火腿中艰难地挤过去。

突然，他迎面撞上了一个人。

那人有些眼熟，而且认识他，带着讶异的笑和他打招呼：“刘叔叔！”

刘纬德艰难地从记忆里把他翻了出来——这人好像是小纪的那个大学生表弟……

刘纬德推开他：“小许啊，叔现在有事儿，你先走……”

他推开许飞，继续往前挤。

话未说完，前方的火腿柜台传来客人们的尖叫声。他连忙挤过去，看到自己追击的脸谱歹徒歪斜在一处柜台上。

二队的消息回来了。追的三个歹徒，击中一个，逃了一个，还有一个倒在了百货里。

06

chapter

第六章

从富民东路的农商银行出来后，楚稼君让陈小虎带着钱走。

陈小虎一愣，以为是分头跑的意思。楚稼君面无表情：“我去收拾他们。”

陈小虎才意识到，楚稼君指的是桥头储蓄所那伙截和的。

陈小虎：“我一个人按照运煤车的计划跑？”

楚稼君低头收拾装备：“嗯。”

陈小虎：“我们在哪儿会合？”

楚稼君：“嗯。”

楚稼君已经没心思和他说话了，他甚至没听清陈小虎上一句说的是什么，一种冰冷的暴怒此刻充斥着他的脑海，挤走了所有理智。

陈小虎：“警察会先去抓他们，对吧？”

楚稼君不耐烦地笑笑："他们有几斤几两我清楚，你只要照计划做，绝对逃得掉。"

陈小虎："逃不掉呢？"

楚稼君："被抓。"

陈小虎：……

楚稼君："你怕了？"

陈小虎："我不怕。"

楚稼君："你确实不用怕。你记住，只要我还在外面，就有办法救你出去。"

楚稼君拉开车门出去了，最后，他快刘纬德一步，在百货公司中截住了其中一个人。

房屏在黑暗的巷子里走过，他刚从老相好开的地下舞厅的后门出来，不知道接下来要去哪儿。

外面都是追他的警察，为了这次行动，他策划了整整半年。

房屏年纪大了，他已经三十多岁，还没有正当工作，也没有家人会给他介绍对象。开地下舞厅的老相好是唯一和他保持暧昧关系的女人，她也不只房屏一个男伴。那家舞厅在道上小有名气，很多人都会借住在老板娘那里，老板娘在枯燥的生活中仰慕他们的血性，他们也需要一个喘息的地方。

他本来觉得这会是一个很完美的计划，而警车总会姗姗来迟……最后只会以为这一切是消失的"脸谱"做的。

行动那天，偏偏发生了意外——也不知道是不是撞见鬼了，当他们的车撞上侧门时，里面已经有了一波人。

其中一个人毫不犹豫对着他们下手，房屏从舞厅里找来的几个同伙也是老手，立刻还击。在一片混乱中，他跌跌撞撞地坐在了地上，被同伙拉起来。好在对方很快就撤了，把储蓄所让给了他们。

他还没来得及松口气，外面就传来了货车的爆炸声。

失去了交通工具，他们只能带着有限的钱落荒而逃，房屏带头去了百货大楼，那里人多，可以混在人群里逃出生天。

几个人分头跑，他跟另一个同伙都往食品区挤，在一片尖叫声中撞开前面的顾客。不知为什么，房屏突然往同伴的方向看了一眼。

他看见了那人倒下的刹那。

一个长头发、个子高挑的年轻人和同伴擦肩而过，动作轻快得如同蝴蝶扇翅——房屏甚至怀疑，除了自己，没人注意到这个年轻的死神。

一切都太快了。

年轻人跟着惊慌的人群一起往另一个方向走，他在人群中显得那么自然，一边缓慢前行，一边抬手用黑皮筋扎起头发。

房屏逃出百货大楼，在一个拐角处丢掉了外套、面具和所有的钱，活了下来。

又是一轮巡逻经过小巷，他紧紧把身子贴着墙，不敢挪动。就在这时，一个声音从对面响起。

是年轻的声音："他们都不知道你长什么样，你慌什么？"

房屏转过头，他的对面不知何时站了个人，那人手里举着一张脸谱面具遮着脸，赫然就是被房屏丢掉的那张。

面具放下，后面是一张年轻而无辜的脸。

楚稼君："我第一次遇到截和的，这位大哥，你……"

房屏根本不等这人说完，转头就跑。楚稼君也没想到这人这么㞞，真的让他跑出去了几步。

但也仅仅只有几步，房屏整个人扑通跪在地上。

楚稼君将他制住。

楚稼君："我们来玩个游戏好不好？"

"我数到三，如果发生了什么事，导致我没有动手，我就放过你。"

"你从天而降截和我，我也帮你问问天意。怎么样？大哥，玩不玩？"

房屏拼命摇头拒绝。

楚稼君："不玩也得玩，三……二……一……"

哔哔声在小巷子里回荡——他的拷机响了。

楚稼君愣了一下，从皮带上解下拷机看了一眼，嘴里嘀咕："他怎么回来了……"

他收起手："滚，我要回去背英语了。"

房屏连滚带爬，爬了两下，又被钩住后领子，拎了回去。

楚稼君："你要是想合作，一周后的这个时间，这个地方，你等我。"

房屏："你到底是谁……"

楚稼君："你不来也可以。我知道那家地下舞厅，知道老板娘和道上的人有沾染……"

房屏："你想动她？不是……你想让警察去抓她？"

楚稼君眯着眼睛看他，拷机在手心里转来转去。

楚稼君："她很喜欢我。我告诉她我是谁，她就会留我过夜。到时候……"

房屏尖叫着往远处逃："你滚！滚啊！"

很快逃得没影了。

楚稼君有点蒙地看着他逃跑的方向，也没想到这人反应会这么大。

楚稼君推门进去时，纪勇涛正坐在沙发上看晚报，桌上摆着一瓶啤酒。

纪勇涛："你大晚上去哪儿了？"

楚稼君把双肩包丢到行军床底下："跟同学打球去了。"

纪勇涛："这么晚打球？毕竟年轻啊……"

楚稼君："勇哥你怎么也回来得这么晚？我出去的时候看见对岸的储蓄所又出事了，是不是……"

纪勇涛苦笑——二队把人追丢了，现在老刘成天加班，带人到处搜查；纪勇涛虽然带人抓住了一个人赃并获的，可问题是，那个小年轻打定了主意不开口。

动之以情，晓之以理都没用，软的不行就只能用点其他办法了。这事交给了专门负责的人，他这边开完会就回来了。

纪勇涛摸了把楚稼君的后颈："都是汗。小飞，打球累不累？"

楚稼君："有点，追着球跑了好久。"

纪勇涛哈哈笑："走，出去吃夜宵。"

楚稼君："你最近阔绰啦，又是给我买拷机，又是下馆子吃夜宵……"

嘴上这样说，他的胳膊还是伸过去揽住纪勇涛，一起往门外走。

楚稼君：“勇哥你是不是要升官啦？”

晚风吹过爱呀河，被污染严重的河水带起一种冷冽微臭的味道。有很多垃圾袋漂在河上，都是附近的居民随手丢进去的。

等天气热了就会更臭，河里没有鱼，倒是有泥鳅。几个光屁股的小孩在浅水里挖泥鳅，泛起阵阵尖叫。

纪勇涛点了支烟，靠在扶栏边透气。

他听见了些风声，上面对刘纬德很不满意；大队长李宇正处于升迁的关键时期，现在对办案率的要求越来越高，破大案的可能性，其实更多的被押在纪勇涛身上。

如果李宇顺利升职，他必然会从A市带走一个自己人，培养成左右手，他会带谁走？

队里很多人知道，老刘当时转进一线不是因为想做刑警，而是因为这个岗位收入高，能养家——他女儿出生后检查出来很麻烦的消化道疾病，要吃特殊奶粉，一袋六十元。

老刘和纪勇涛在近期这些案子中的表现很大程度会影响李宇的决策——带谁走，谁跟着高升进省，谁留在市级挑大梁，或者被这根大梁压死……往后的人生，就此走入分水岭。

纪勇涛望着漆黑的河水，见缝插针地考虑这些问题。

二队的警力也不足，在走程序向他借人。如果他在这一环节把刘纬德卡死，把所有的力量捏在自己手上去钓大鱼，说不定许多摇摆不定的事，就会一锤定音。

楚稼君在边上，想从他的口袋里偷烟，被一把抓住手腕。表弟的眼睛在闪烁的路灯下亮闪闪的，带着点哀求。

纪勇涛：“学校里书读得怎么样？奖学金怎么说？”

楚稼君：“哦，学费啊？学费我打工赚……”

纪勇涛：“有助学奖励，干什么要打工？把心思放在读书上吧。你丢在沙发上那本单词书还跟新的一样，到底背了几个词？”

后面经过两辆自行车，都是爱呀河小区的邻居。看见纪勇涛训人，两个邻居骑着车说笑着经过：“勇哥啊，又在带弟弟啦？”

邻居：“你这个弟弟哪里像表弟啊，像嫡亲的。他毕业后去哪儿啊？也进你单位吧？”

邻居：“到时候大学生当警察，枪都举不动。”

两个邻居笑着走了，楚稼君扭头，冷冷地看着他们的背影。

纪勇涛：“小飞。”

楚稼君回神。

纪勇涛：“你毕业后是回老家，还是往大城市跑？想过吗？”

楚稼君想了想：“勇哥你加油升官啊，你升官去大城市，我就跟着去。”

纪勇涛笑着看他：“你想跟我待一块儿？不回老家陪爸妈了？”

楚稼君：“他们有老哥老姐啊。老家老家，老了再回去的家。”

楚稼君看着纪勇涛的双眼，想了一会儿，说：“对，我想跟你待一块儿。”

纪勇涛好似想说很多话，但话语在口中徘徊了许久，最后只说了一句，挺好。

“就当家里多了个人，挺好。”

下周四，纪勇涛难得有个调休。单位在下班后有联谊舞会，在友谊商场对面的百乐歌舞厅，几个小年轻都兴致勃勃，从周一就开始期待了。

据说里面的参加者有爱阳华侨托儿所的老师，个个长得都像大明星。

纪勇涛早上提了一句：“你一起去玩啊。”

楚稼君想去，但又想到联谊舞会上全是警察；可是实在又想去，纠结了半天。

纪勇涛：“到底去不去？”

楚稼君看看单词书，看看纪勇涛，最后还是选择了去跳舞。

楚稼君：“勇哥你会跳舞吗？你到时候别把‘大明星’的脚都给踩瘸了。”

纪勇涛瞎跳了几下，显然不会。楚稼君笑着抓住他两只手：“我看电视里，联谊舞是这么跳的。”

他带着纪勇涛，牵动面前的身体引导舞步，这是长久厮混在歌舞厅里学会的事。

早上，两个人都穿着睡觉时的白背心和灰短裤。纪勇涛身上有很多伤，一边跳舞，楚稼君一边用手指划过这些伤疤，问他由来。

纪勇涛每次立功，几乎都是用命在换。

楚稼君身上就是些小伤，有点淤青和擦伤，说是打球时候碰的。楚稼君笑着说：“我和你不一样，我很怕死的。”

教着教着，就变成了比赛踩对方的脚，把地板踩得“砰砰”响。再过一会儿，他就要去大学了。楚稼君的半边身子落在阳光里，和那盆一串红一起晒得暖洋洋的。

他忽然有个念头，如果自己就用许飞的身份继续走下去，早上玩闹一会儿，然后上学，回到家和下了班的纪勇涛一起出去吃夜宵，周末和同学打个球……

楚稼君想，真是挺可爱的念头，怎么自己脑袋里还能冒出这种玩意儿来。

大学英语课在下周有个小考，老师出了名的严厉，如果小考不及格，连参加期末考的资格都没有。

楚稼君不得不去了几天学校，那个一直收钱帮他签到点名写作业的小眼镜围着他打转。

小眼镜："阿飞哥，那个老太婆是真的糊弄不过去的，不可能我一个人帮你写两份卷子的，她点名都要一个个叫起来点人数……"

楚稼君："那怎么办？"

他在道上真的找不到一个懂英语的，他那边的世界里，能连贯读出 26 个字母都算是高级国际人才，高中文凭已经可以睥睨江湖。

小眼镜："找枪手。"

楚稼君愣住了，他没想到一个大学生会说这样狠辣利落的话。

小眼镜："找个没人认识的枪手帮你。"

楚稼君："……你说真的？"

小眼镜点头。要是楚稼君给钱，他可以帮忙去找个学长。

楚稼君心里冷笑，我还需要你帮忙找枪手吗。

找枪手就太容易了，他自己来都行。

考试那天，楚稼君用了五分钟胡乱涂完了卷子。

老太太收卷回了办公室，其他老师午休去了，办公室里就她一个。

楚稼君笑着进去，把一沓钱摆在她的办公桌上。老师讶异地抬眼，他拿出交涉的气度："钱收下，许飞的卷子挑出来。"

楚稼君又放了一沓钱上去："你给他批多少分，今天桌上就能放多少沓钱。"

老太太看了看"许飞"的卷子，然后放下："就五分，选择题蒙对了五个。"

楚稼君："五分及格了吗？"

老师：……

楚稼君连人带钱被老太太轰了出去，办公室的门在他背后重重地甩上。

他站在门外待了一会儿，脑子里瞬间拉响暴怒的耳鸣，血色浮上双眼。

楚稼君准备踹门进去，但抬脚的刹那，他忽然想起今晚纪勇涛要带他去百乐歌舞厅跳舞。

早上还在教纪勇涛跳交谊舞。他教了好多天了，每次那人能跳几步的时候，他就趁机踩纪勇涛的脚。

楚稼君很想去跳舞，他很想看看，纪勇涛跳得怎么样。

所以，要了结得很干净，很干净。

下一秒，办公室的门被重重推开。办公桌后，老师惊讶地抬头。

楚稼君冲向她，扑通一声跪了下来，眼泪汪汪："老师，我求你让我过吧！只要你让我过，你想动……想找什么我都可以给你！"

楚稼君："我妈病着，我不想让我妈知道我没考好……"

老师："起来！像什么样子！"

楚稼君："老师你救救我……我养父知道了会打死我的……"

老师："养父？"

楚稼君含泪点头："我爸以前欠赌债，就把我卖了。我养父脾气不好，天天打我，就只有我养母……就是我妈，还对我好一点……"

老师："可那些钱又是哪儿来的？"

楚稼君："我从养父那儿偷的……但是，我真的很怕，我小时候就看见我亲妈被讨债的人打在地上，腰断了，在门板上躺了三天，我去拉她，就摸到冰冰凉的手……我也会被我养父这样打死的……"

半个小时后，他被老师送出办公室，老太太法外开恩，准他参加期末考。

07

chapter

第七章

楚稼君原本的计划改变了。

他曾经计划，只在 A 市待到六月，到时候就以放假回老家的借口，顺理成章地离开。

他现在需要待得久一些，因为报纸上的一则宣传——六月中旬，R 国一家老牌珠宝企业将在 A 市展出珠宝。

这是小县城绝不会有的场面，摆满了高级珠宝的展馆，在“鲨鱼”眼中，就像是一个漏着血的溺水者。

他从大学回去，沿途经过高星迎宾馆——A 市最高档的外宾宾馆，去年开始对普通顾客开放。

R 国珠宝展会场的选择，只会是那几个地方。一个是会议中心，一个就是这类原外宾接待处。

楚稼君晃了进去，买了瓶可乐。外面天色暗了下来，联谊舞会要开始了。

纪勇涛在小区门口等他，路灯下，摩托车靠着灯柱，他在车边抽烟，看着从脚边爬过的蚂蚁。

纪勇涛骑车载他去了百乐歌舞厅，里面传来阵阵乐声，男女们的身影，满满地聚在舞池里。

有几个同事拎着啤酒在外面透气，见纪勇涛来了，立刻就指路："百合花区，快去快去！李老大已经坐下了！"

纪勇涛："老刘呢？"

同事："那肯定提前半个小时就到了，老刘嘛。"

彩灯流转的舞厅里，女歌手唱着歌，楚稼君跟着哼靡靡之音，勾着纪勇涛的脖子穿过舞池。百合花区大概有七八张圆台座，都坐满了来自几个单位的男女。

这样的联谊舞会，说是给单身青年们认识的机会，促进各单位感情，其实也是应酬。在角落的圆桌沙发上，气氛明显和其他地方不同——那里坐着的是大队长李宇，还有二队的带头人刘纬德。在主座上，还有一个更年长的男人。

纪勇涛让楚稼君坐下，自己过去打了个招呼。

楚稼君问旁边的年轻警察："那边都是谁啊？"

——年长者是李宇的岳丈，这家歌舞厅也有他女儿投资的，所以大队每次联谊都会摆在这儿。

刘纬德坐在李宇和大人物边上陪着。没人留座，纪勇涛很识相地说要去跳舞，离开了那张桌子。

纪勇涛身边转瞬冷了几分，旁边几桌的人也都在察言观色，有几个一队的年轻人忍不住大声说话，刚说了一两句，就被边上人按了下来。

楚稼君陪他进了舞池：“说好的‘大明星’呢？”

纪勇涛咬着烟笑笑：“嫌我们这儿烟大。”

他们单位这边男多女少，整片区域没几个人不抽烟的，烟雾缭绕；对面几个幼教都用手扇风，气氛很尴尬。

楚稼君从他的口袋里摸了支烟，纪勇涛的打火机没油了，就用自己的烟头替他点烟。下一曲开始了，左半侧舞池，女老师和男会计们翩翩起舞；右半侧，男人们都喜欢聚在卡座上喝酒聊天，或者一群人瞎蹦。

两人在舞池中间的夹缝里慢慢跳，楚稼君起初去踩他的脚，舞池人多，纪勇涛也不躲了，任由他踩。

楚稼君觉得没意思，干脆两只脚都踩在他脚背上。

纪勇涛突然紧紧抓住他，带着他跳。舞步不标准，但动作很大，楚稼君几乎站不稳要掉下去，又被他抓了回来。

楚稼君有点慌：“你气什么？踩你几下脚……”

纪勇涛的脸在彩灯下显得很模糊，胡子很多天没刮，有烟灰落在上面。

楚稼君伸出手指弹掉那一点胡子上的烟灰，他发现纪勇涛在看自己。

纪勇涛：“想不想去其他地方？”

楚稼君：“什么？”

纪勇涛：“从爱呀河搬出去，去新的地方。”

纪勇涛：“更宽敞的房子，你有自己的卧室，有可乐、蛋糕、大哥大，天天能给家里打长途。”

楚稼君吃吃地笑："钱从哪儿来啊？"

纪勇涛也笑："你就告诉我想不想要。"

楚稼君："想。"

纪勇涛："好。"

他丢下楚稼君，走回了那边的圆桌区。楚稼君不知道他想做什么——纪勇涛走到那张特殊的桌前，开了瓶啤酒敬酒，然后一仰头将整瓶酒都喝了下去。

然后，他对李宇和李宇的岳丈说了几句话。

楚稼君听不清，他只知道，当纪勇涛说完那些话之后，那两个人站了起来；旁边几个人神情各异，几秒钟后，也一起站了起来。刘纬德眼神躲闪，正在快速思索。

李宇的岳丈拍了拍纪勇涛的肩，又开了瓶酒，这次是一人一杯，碰杯喝了。

旁边传来掌声。

楚稼君听见有人很大声地和周围宣布："勇哥立军令状了！"

一队的几张桌子瞬间沸腾起来，在口哨和欢呼声中，纪勇涛拎着剩下一点的酒瓶穿过人群，回到楚稼君面前。

纪勇涛："我的军令状，来一口吧？"

楚稼君："什么样的军令状？"

纪勇涛："抓人。

楚稼君："抓什么人？"

楚稼君的声音有极细微的发抖，但听起来也像是激动。纪勇涛说："抓坏人啊，不然呢？"

坏人有很多，但被列进军令状里的坏人，只会是"那个人"。

纪勇涛把酒瓶口凑到他嘴边，他接过，犹豫了几秒之后，他仰头一口喝了下去。

下一曲开始了。

纪勇涛想回去，却被他一把拉住。那双无辜的眼睛，清亮如火地盯住了男人。

楚稼君的语气带着几分咬牙切齿，他说："陪我认真跳一支舞……然后，你抓坏人去吧。"

舞会散去，主办联谊晚会的人让大家聚起来，给众人拍合照。

楚稼君是不想留下照片资料的，可纪勇涛揽着他。因为立了军令状，勇哥和表弟许飞被大家簇拥到了最中间的显眼位置。

李宇说："你们是一家人啊，站一起。"

楚稼君呆了呆，尽管伪装成许飞有一段时间了，对于有些词汇，他仍然感到陌生。

纪勇涛把他拉在身边，手指上勾着摩托车钥匙的钥匙圈，钥匙圈也圈住了楚稼君的手指，就像一个小小的手铐与戒指。

合影后，纪勇涛把摩托车钥匙给了他，他要陪李宇他们去下一场，让许飞自己骑车回家。楚稼君在摩托车边站了很久，不断回忆自己之前的行动轨迹。

有破绽吗？

是因为露出了破绽，被纪勇涛察觉了，所以他才有自信立军令状？

他紧张得胃都绞在了一起，不得不蹲下来平复情绪。旁边有纪勇涛的同事经过："小飞，喝吐啦？"

楚稼君抬头冷冷地盯了他一眼，一秒钟后，冰冷的目光转为笑意：“嗯。”

同事：“你还能骑车吗？要不要我们带你回爱呀河？”

楚稼君：“和同学约了去录像厅看通宵的。”

同事：“你要不把车留在这儿，我们借你钱打出租……”

话没说完，他已经跨上摩托，发动车子骑了出去。

房屏蹲在巷子角落里，每隔几分钟就要站起来，犹豫要不要走。

他等了快两小时了。

但他基本已经走投无路，房屏是他的真名，真身份，这个身份已经被查到了，老家肯定不能回，除了找个靠山继续做事，弄一笔钱然后跑路，他似乎没有其他生路。

就在这时，巷子口传来刺眼的灯光，他还没反应过来，一辆摩托车直接冲进狭小的巷子，险些将他撞飞。

楚稼君的声音传过来：“去景合路口的西餐厅。”

留下这句话，车又开了出去。

房屏壮着胆子摸去景合路，黑灯瞎火地找到了一家路口的小西餐厅，看着快要倒闭了，灰扑扑的招牌都掉了色。但是门口停着辆摩托车，门也没锁。

他往里面看了一眼，就看到没开灯的店里，楚稼君背对门口坐着，在埋头吃着什么。

房屏走进去，像个侍应生一样站在旁边。

楚稼君吃完了，去后厨收拾了碗筷，面色如常地回来，顺手扎起头发，摸到墙上的电灯开关。灯开了，他刚才吃饭的桌子上，压着一张手绘地图。

楚稼君说："一起做件事，给你十万。一万今天带走，九万事成后给。"

房屏不敢答话。

楚稼君："去道上打听打听楚稼君这个名字，一口价，一分钱不会少你。"

他突然凑近房屏，把男人吓得再次跌坐下去。近在咫尺的脸上，那双孩子一样带着濡湿泪意的眼睛逆着灯光，毫无光彩。

楚稼君的眼睛仿佛会说话："但是谈好价格之后，你还敢给我还价，那可就没道理了。"

房屏在老相好的地下舞厅里听过这个名字，以及围绕着这个名字的传闻。

楚稼君要他做的，是救人，他之前的活动有个同伙被抓了。这活儿要两个人来，他拉房屏入伙，开价十万。

房屏面色惨白地在那儿坐了很久，楚稼君在他对面，他知道，自己没有拒绝的机会。

房屏："我跟你干。但是我们得谈价钱——我要二十万。"

楚稼君笑了笑："陈小虎不值二十万。"

房屏："你的名声值二十万，只要你救同伙的事情传出去，你以后想干大事，凭这件事，所有人都愿意加入你。"

所谓的下一场，并不是歌舞厅或者夜总会，也不是去大馆子。

李宇的岳父带着纪勇涛和李宇，以及几个左右手，到了一处位于桥下的露天铜炉火锅摊。

李宇率先开口：“你打算怎么办？那个陈小虎不松口招供同伙，身上也查不到其他线索。”

纪勇涛：“他不松口就是一个线索。”

李宇：“他觉得他的同伙会来救他？”

纪勇涛：“他之前到处流窜，名声不小。所以同伙有没有能力救他，他是有评估的。这样就能把很多小毛贼给排除掉。跟陈小虎合作的人，是条大鱼。”

“先是到桥头储蓄所，结果发现被截和。普通人一般就不干了，但这个人当机立断就转向了更大的目标。太顺手了，就像马戏团里抛球的人，一个球没接住，一点不慌，继续抛接其他的球。

“有前科，有手段，近期才过来 A 市，要有足够的实力，才可能让陈小虎对他五体投地。

“我怀疑这个人，就是上次抢了桥头储蓄所的人。上次他的这个行为本质就是炫技，就是要给陈小虎这样的人看，证明他无所不能。”

李宇的岳丈一直没说话，听到这里，忽然放下筷子，问纪勇涛：“这个人你能推出什么来？”

纪勇涛：“他控制不好脾气。二队刘纬德追储蓄所的劫匪追进了百货大楼，结果在追上之前，其中一个人已经倒了。我去追银行劫匪，结果只追到了陈小虎。谁干的？有一种可能性，就是……这个人，他放弃了钱和同伙。就等于说，这人被截和气疯了，哪怕一分钱都没到手，他也不放过对方。”

李宇："这不正常，他的目的是钱，这帮人就是为了钱……"

纪勇涛："对的，为了出口气，宁可一分钱都不要的人不多，但是，有一个人不是。"

纪勇涛："李队你记得'脸谱'吗？那个因为分赃问题，背叛了三个同伙的楚稼君。"

李宇："那他也是为了钱。"

纪勇涛："'脸谱'上一次在沿海，手里总共攒了五百多万。在他们落脚点发现了将近三百七十万。这个人没了同伙，也无力带走那么多钱。如果他真的为了钱，应该是先争取同伙站在自己这边，争取到同伴，再去挤掉反对自己的人，这才叫为了钱。而不是挤掉三个人，自己啥都来不及带走，匆忙离开。"

纪勇涛："控制不好情绪，疯狂、强悍、经验丰富……这个人，会不会是道上赫赫有名的楚稼君？"

纪勇涛："如果我是陈小虎，楚稼君和我打包票，只要我闭嘴不提他，他就能从外面救走我，这句话绝对是有分量的，是真的可以让我替他咬紧牙关的。"

在纪勇涛的推理中，这个人还会继续留在这里。

夏季有一场国际珠宝展，全国瞩目，即使安全有问题，已经放出去的展出宣传，为了脸面也不可能撤下来，只会把安保做到最高。

那这场珠宝展，可能已经成为某人的目标。

周末的早上，楚稼君坐上摩托车后座，和纪勇涛骑车去买菜。

楚稼君说自己会做拔丝地瓜和白斩鸡，纪勇涛不信，直接弄个大篮子去菜市场拉菜，一定要他晚上做一次试试。

纪勇涛："做得好给你买可乐。"

楚稼君："我要拉你一起去录像厅看鬼片！"

纪勇涛："人都不怕，还怕鬼？"

楚稼君："鬼片！鬼片！鬼片！"

纪勇涛："枪决场去不去？"

楚稼君呆住了。

纪勇涛："带你去看看？"

楚稼君在摩托车上怔怔地松开手。

纪勇涛："怕啦？你怕啥？你又没犯事儿。"

楚稼君："那种人，是不是都不怕死啊？"

纪勇涛："胡扯。犯事的时候都凶得很，说什么富贵险中求，真的站在卡车上示众了，好多吓得屎尿屁都出来了。"

纪勇涛："哭着喊着要再见一次妈妈的，觉得对不起自己家的，后悔了想用钱买命的，跪下求不要开枪的……这种人以为自己能一次又一次逃脱，所以比谁都怕死。"

楚稼君做菜的时候还在想这件事，恍恍惚惚切到了手。一盘拔丝地瓜焦了一半，最后两个人还是去烧烤大排档吃夜宵。

夜里睡觉他也睡得不安稳，突然听见门被人敲响，响得很急促，他惊坐起来，呆呆地看着房门。

纪勇涛也被惊醒了，跑出来开门。敲门的是单位里值班的同事，说是有个急事——纪勇涛放出去的悬赏消息，有人提供线索了。

纪勇涛在客厅里披上外套，匆忙去了单位。楚稼君坐在行军床上，静静地睁大双眼，看着那扇关起的门。

08
chapter

第八章

陈为民：“我是厉村的老师……就是厉村人，是村里的代笔人……”

做笔录的人听不懂他的土话方言，困惑地左右看了看。

陈为民：“你们不是在找楚稼君吗？就这个‘稼’，庄稼的稼……我看见县里贴了告示，就提供了线索，然后县里提供了车票，送我来了A市。我坐了八天八夜的火车啊，同志，八天八夜……”

在艰难的沟通中，纪勇涛他们总算弄清楚了这个人说的意思——陈为民，Z州P县厉村人。

厉村是个偏远的小山村，没有正式学校，文盲率很高，像十几年前，整个村都只能靠寄信和外界联络，打电报和电话需要去县里。

写信需要找识字的代笔人，陈为民干的就是这个事。

陈为民对楚稼君印象很深，因为孩子的眼睛很大、很好看。楚稼君很小的时候就被家里人差遣出来找陈为民代笔了，大多数情况都是找另一个村的叔叔家借钱。因为写信要有落款，所以陈为民写过几次楚稼君的名字。

但就像山村里很多孩子一样，他根本没读完小学。二年级的时候，这个孩子失踪了，也许被卖掉，意外跌死，生病……失踪的孩子其实很多。

陈为民：“但他家里情况比较复杂……在你们看来啊，肯定是复杂的。但是在厉村很常见。爸爸去县里的地下赌会，欠了很多钱，跑了。讨债的上门，要拿他家的鸡抵债，女的肯定不肯，然后楚稼君被扣了……被那些人扣走了。”

笔录人勉强听懂了。

纪勇涛：“他爸爸呢？答应了？”

陈为民：“他爸爸后来回来了，跟赌会的人谈过后也答应了，画了押，这小孩就算别人的了，从此不见了。同志，厉村这种事儿太多了……”

纪勇涛揉着太阳穴。他特意让人将消息拿去偏远地区问，事实证明，这个决定是对的，从前在城市和镇里找人，都没找到，因为这人的出身很可能在较偏僻的地方，交通、通信、教育，全都不发达。

陈为民的到来很珍贵，但这些线索，很难说有没有作用。

楚稼君今年大概二十岁上下，十几年前的线索，很多都失效了。

纪勇涛：“如果你现在再看到他，你会对这人有印象吗？”

陈为民想了想：“他的眼睛很特别……我想想，大概是……”

陈为民苦思冥想，忽然，目光落在一样东西上面。

办公桌上有个相框，里面是张合照。陈为民皱着眉头凑近看，指尖不确定地伸出来，点在其中一个年轻人的脸上。

陈为民：“这个……有点……”

纪勇涛：“那是我弟弟。”

陈为民：“哦哦哦！对不起，不好意思，冒犯长官……”

纪勇涛：“很像？”

陈为民：“啧，说不好。就这个小同志他眼睛的气质……”

纪勇涛让人把这条记下来，找画像师。他们之前得到了楚稼君下半张脸的画像，现在勉强得到了上半张脸。画像要一周，明天要和 P 县那边联系通个气，留下陈为民，还要安排招待所和伙食……

纪勇涛看着之前其他市传过来的下半张脸画像，这张脸，如果只看一半，有种少年人尚未长开的稚嫩感。假如放上许飞的眼睛……

他叹了口气，没人希望自己的弟弟长得像一个通缉犯。

纪勇涛送陈为民去了招待所，帮他开了居住证明。

纪勇涛：“陈老师，还有点事情我想问你。你说你一直和县里反映的那个赌会，现在还有吗？”

陈为民：“前几年打掉了，带头的人都毙了。”

纪勇涛：“其他人还在吗？能打听到吗？楚家人的现状、其他的亲戚，你只要能想到的都可以告诉我。”

陈为民想了想，倒是说了几件零碎的事，但年代久远，他自己也记不太清。

楚稼君就像个断了线的风筝，这么多年飘在外面。很多线索，是必须自己回头去找的。

凌晨两点，纪勇涛从陈为民处告辞，直接回单位写文书，打出差申请。他走出招待所的时候，在路灯后的阴影中，楚稼君正面无表情地看着这栋建筑物。

二楼靠北的房间刚才有灯灭了，那就是陈为民的住处。

楚稼君跟踪纪勇涛，从家里跟到单位，再从单位跟到招待所。他不知道来的是谁，但直觉告诉他，能让纪勇涛半夜去单位的线人，必然是个巨大的威胁。

招待所要介绍信才能进，但二楼爬上去很容易。纪勇涛走后，他爬到二楼窗边往里看。陈为民面朝墙睡，楚稼君看着他的侧脸，觉得眼熟。

他看着这个人的脸，神思慢慢连到了记忆深处的山村。

陈为民醒了。

他先是看见了一双眼睛，这双眼眸近在咫尺，像是甜美梦乡下蛰伏的魇。人被这样一双眼睛凝视着，首先竟不是害怕。

而是感到安静。

就像被蛇盯住的青蛙，结局已然是一个无聊的赘述，不如凝视蛇如黑曜石的双眼，沉入最后一场静夜梦中。

楚稼君回家，推开门，下一秒就意识到了不对。

纪勇涛坐在他的行军床上，脚边丢着个沙发上的垫子。楚稼君出门前，为了防止纪勇涛更早回来、发现床上没人，就在被子下垫了两个垫子，让它拱起来。

纪勇涛确实早他一步回来，本来准备去洗手间擦把脸，直接回卧室睡下。但穿过客厅时，他突然想看看许飞的五官。

如果楚稼君真的和许飞长得像，那也算一条重要线索。

纪勇涛走到客厅角落的行军床边，觉得不对劲。许飞整个人都被罩住了，躲在被子下。

他拽开被子，下面只有两个沙发垫子。

纪勇涛："你去哪儿了？"

楚稼君：……

纪勇涛："大晚上的，你能去干啥？"

完了。

楚稼君绞尽脑汁想借口，纪勇涛的眼神里有疲惫的怒意，逼问着他的答案。

楚稼君："……我和女同学出去开房了。"

纪勇涛："……啥？"

楚稼君不吭声了，见招拆招。他又突然反应过来，自己是不是傻了，为什么不直接离开。

纪勇涛揉着太阳穴，这个答案显然出乎意料，他一时不知道该不该问下去，该怎么问。

纪勇涛："是……大学的……你这个……为什么……"

"现在是上午四点，再过一个小时天就亮了，就算出去住，为什么是这个点回来？谈朋友也不是见不得人的事，为什么偷偷摸摸的……”

楚稼君：“她家管得严……”

纪勇涛：“我是问你这个！”

他把垫子甩了过去。女方家里管得严，得赶在天亮前回去，许飞又何必偷偷摸摸的？！

楚稼君：“我怕你也管得严。”

纪勇涛：……

纪勇涛低头继续揉太阳穴。他没孩子，也不知道怎么在这种事上和孩子沟通，憋了半天，最后只是摆摆手。

纪勇涛：“其他的我不管，该做的保护得做好。”

楚稼君：“什么？”

纪勇涛：“套！你别把人姑娘肚子搞大了！戴套！”

楚稼君愣了愣。这个表情，在纪勇涛看来是很危险的信号。

纪勇涛：“……没戴？”

楚稼君：……

纪勇涛：……

楚稼君：“哥，要是有了，你能帮我带吗……”

纪勇涛：“咋地？婴儿车放警车后头，一起带去抓人？”

他站起来，在客厅里徘徊了几步。楚稼君一直小心地躲开他。

纪勇涛：“你站住，我不抽你。你们这……年纪都小，不懂事。但有些事儿，现在还不能弄出来，懂不懂？”

楚稼君点头。

纪勇涛：“那下次怎么做，知道吗？”

楚稼君点头。

纪勇涛：“说话。”

楚稼君：“婴儿车放家里……”

纪勇涛：“你怎么不把脑子放家里呢？！”

这一晚上总算应付了过去。第二天早上刷牙时候，纪勇涛在水池边告诉他，自己最近可能要出个差。

之后的事情大概是这样——下周，画像师能调动过来，尽快出眼部画像，根据幼年长相做成年推演。自己带人去厉村和P县，想办法找到当年带走楚稼君的人。

纪勇涛：“我不在家，你别给我添乱，家里要收拾好。”

纪勇涛：“不许逃课，和女朋友在一块儿注意那个安全……别闹出人命……”

楚稼君牙关一紧：“人，人命？”

纪勇涛：“肚子里的。”

楚稼君：“……哦。”

纪勇涛摸摸口袋，给了他一些零花钱，数额比以往大。

纪勇涛：“别让人姑娘付钱，这点看个电影够了，买花买可乐也够了。”

纪勇涛的火车在后天。

楚稼君送他去火车站，打算回去盯陈小虎的处决时间。这种类型的犯人，行刑前会有示众，有时车上只有一个人，也可能拉好几个。

男人登上火车，还有些不放心，回头说：“要是遇到事，去702找人……饼干罐子里有些零钱……我单位的电话在电话本上，要联系我就让单位的人联系……”

楚稼君：“知道了知道了……”

纪勇涛：“不耐烦了？就等着我走，迫不及待找女朋友压马路去了？”

楚稼君：“没有。”

他笑嘻嘻地说：“我要是结婚了，跟她搬出去住了，勇哥你是不是又要一个人了？”

纪勇涛愣了一下，苦笑：“不然呢？”

楚稼君：“那我跟她分。”

纪勇涛一怔，伸手削了他：“胡闹。你以后又不能不结婚。”

楚稼君：“那就不结婚啊。”

纪勇涛：“你这话说出去，会被人当成有病的。”

楚稼君：“然后呢？”

纪勇涛：“你这书也没法读了，我单位也没法待了，一起喝西北风去。”

楚稼君：“喝西北风都带我一起？好啊。别说喝西北风了，要是走投无路去要饭，我也能跟你一起。”

纪勇涛无奈：“多大点儿出息！你是不是已经跟人家姑娘闹出人命了？”

楚稼君：“我不在人姑娘身上闹人命，要闹就闹个大的。”

纪勇涛：“多大啊？”

楚稼君：“全国会说英语的人，我闹他们，闹得学校不用考英语。”

纪勇涛想起来了：“上次你大学有英语小考吧？几分？”

楚稼君：“九十五！”

火车开动了，楚稼君躲回那些送行的人群中，笑着走了。

纪勇涛出差那几天，楚稼君有时去学校晃几圈，有时去西餐厅的后厨，对着墙上的地图思考，有时候沿着爱呀河溜达，看着河里挖泥鳅的小孩们发呆。

要等画像师来了之后，那边才会去找陈为民。就算纪勇涛在外地得到消息，赶回来还要几天。

他打了个哈欠，去影音店买了一堆磁带和录像带。纪勇涛家里只有录音机，楚稼君买了台音响，那人回来问起，就说是打工的店里替换下来的。

音响里的线用金的，这样音色好。

友谊商店里的牛排店，他一直想撺掇纪勇涛一起去，但一顿饭要六十块，那人肯定不会去。楚稼君去吃了几次，问了问，能打包，下次打包带回去，牛排配红酒。

再从超级商店外的小贩手里弄了点“外票”，外票能买进口高级风衣，超商的橱窗里有两件意大利的驼色真皮内绒风衣，他看中了很久。纪勇涛那件皮夹克都快被烟味腌渍完了，口袋里都是烟灰，他忍无可忍了。

回到爱呀河小区，楚稼君发现自己忘记带钥匙了，他总是忘带，纪勇涛在家时会给他留门。

现在那人出差了，他进不了屋。

他想撬锁，结果背后来来往往的邻居全是纪勇涛的同事，他根本没办法沉下心。

最后找了地头蛇“胶卷”，联系本地的“锁王”。

锁王一听是爱呀河小区，不想去，知道那里是警队宿舍。

楚稼君叼着可乐吸管，一听他说不去，整个玻璃瓶瞬间被摔碎在墙上。胶卷怒叱："在这儿发脾气闹事，你疯了？！"

楚稼君在最高档的高星迎宾馆住了几天，吃了几天高星厨房里头发明的"A 市肯德基"，据说是照着前门那家肯德基的味道做的。

最后还是只能回家，站在上了锁的门口黯然神伤。

后面传来熟悉的声音："小飞啊，怎么了？"

是下了班的刘纬德。

刘纬德住 702 室。

楚稼君扁着嘴："忘带钥匙了。"

刘纬德："没事没事，简单，等 04 室的小吴回来了，从他家阳台爬过去。"

刘纬德："这点儿事算什么，有困难找警察嘛，这边都是警察你怕啥。"

几个人借 04 室的阳台爬去 05 室帮他开门。屋子里黑乎乎的，安静得吓人。

楚稼君一个人在客厅里待了一会儿，打开电视机，这个点，电视台全都在放《红楼梦》。外头还有两个男人在争论，说哪个演员好看。

楚稼君随口问道："勇哥，你说哪个好看？"

没回答。他想起来，纪勇涛出差了，这个家里就剩他一个人了。

楚稼君把全屋的灯都打开，电视机、音响也都开了。他跑去纪勇涛的卧室，把那人的被子拖出来，披在身上，满屋子跑来跑去。

跑到累得没力气了，他蹲下把自己裹在被子里，窝在地上睡了。

睡了一会儿，电话响了。

楚稼君从睡梦里浮出来，发了很久呆，才摸索着去接了电话。

电话那头，是那个人的声音。

纪勇涛："喂，小飞，你在家啊？"

纪勇涛："没打工？没和女朋友出去？看书了没？"

纪勇涛："我明天进山，不一定有电话了。就是问问你，家里怎么样？还好吗？"

楚稼君："不好。"

纪勇涛："怎么不好？"

楚稼君："我总忘带钥匙。"

纪勇涛低低地笑："那去女朋友家睡啊。"

楚稼君："我没有女朋友啊，我就这一个家了。"

纪勇涛："你会有的。"

楚稼君："没有了，就一个家了。你再不回来给我开门，我就去街上要饭。"

纪勇涛："不嚷嚷别的了？"

楚稼君："你不是说不要给你添麻烦吗？"

纪勇涛："我出差呢。你现在去的话，是给老刘添麻烦。去吧。"

楚稼君："真的？那我去了。"

纪勇涛："嗯，多添点，等我回来毙了你。"

纪勇涛笑着挂了电话，回了招待所的房间。他也同样坐在只有一个人的房间里，对着电视机发呆。

楚稼君睡不着了，出去沿着河岸跑步。前面有条脏兮兮的狗在垃圾桶边翻吃的，楚稼君跑过它，又跑回来，蹲下打量这条瘦骨嶙峋的流浪狗。

他把狗带回了家，洗干净，和自己一起裹在纪勇涛的被子里睡着了。

09
chapter

第九章

从 Z 市的车站换货运火车到 P 县，再转成小车入山，一路颠簸，跟纪勇涛一起来的同事已经有点犯疟疾了，可能是这地方的水不太干净。

山村被一整片灰雾缭绕着，不见阳光。这里的土质也偏碱性，从田埂间走过，两侧零星稀疏的作物倒伏在地，叶子呈现发灰的焦黄色。

很少见村民在外面，破败的木房里，偶尔能见到一些苍老灰暗的脸。向导指着县城的方向，说大部分村民都陆续被迁走了，这地方湿气重，土质和水质不好，离最近的卫生所有二十里地。

向导：“厉村好像一共也就七十多口人。从前叫厉家村，一半都是姓厉的。楚家很早迁走了，兄弟俩分家，老大赌钱，最后喝酒喝死了；老二四年前就迁去县城了，这里留的是空屋。”

纪勇涛："两家人的空屋都在？"

向导："都在，没留啥东西，你们要是看得快，咱们今晚还能搭赶集的车回县里的招待所。"

楚家老二的房子已经很破了，应该是闲置过久的关系。但当向导带他们站在楚家老大的家门口时，有两个人不约而同发出了叹气声。

这几乎已经不能称作是房子了。

它连门都没有，多年闲置导致的雨水腐蚀，让这个用草棚、朽木板勉强拼接出来的建筑物塌了一半，一块破破烂烂的门板被丢在禽圈里。当年楚稼君的妈妈躺在上面，三天才断气。

向导的父亲回来收稻梗和鸡粪，回忆说，那个小孩也不哭，就跟在门板边，大概是饿，肚子饿了就吸妈妈的手指头。讨债的人本来待在楚家扣留这个小孩，过了几天觉得这地方也太破了，一个人说要扣住孩子，等男人回来；另一个人觉得楚父不会回来了，索性把孩子带走。

向导接着说："他们就拿个麻袋把人一装，带走了。他老母的后事还是村里帮忙解决的。"

纪勇涛问："你们知道那伙人是谁吗？"

有人说是隔壁村的几个男人，以讨债为生；前几年被毙了两个，还有个被关了，去年放了出来。

纪勇涛跟着线索，准备去隔壁村查问——这个"隔壁"隔了七十里，三轮换牛车，最后步行翻山。

到的时候被对方亲戚告知"他早去县城了"，等于白跑一趟。

纪勇涛看看屋里，点头准备走，走出几步，突然绕过这家的正门，往后门那边包抄。追了大概五六百米，在山林入口处扑倒了那个仓皇逃跑的男人。

山村的气温比城市低六度，晚上夜风呜咽，但这家的窗开着。显然，家人听见有人上门查问，立刻就让那人跳窗逃跑。

拉回本地的所里审，这人身上果然背着案子——上个月，此人趁着夜色在市集散后，沿途猥亵并抢劫了一名回乡的妇女，一直担心对方报警。

问起当年的事，尤吉生一直遮遮掩掩。

纪勇涛一行人长途跋涉过来，陪他熬到凌晨两点，实在没那个水磨工夫了，让当地的联防员给他“清清脑子”。

清了半个小时，尤吉生愿意说了。他丧气地蹲在另一边：“我当年真的没怎么参与，是我两个堂哥让我跟着，他们唬人我跟着，干啥我都只跟着。”

尤吉生：“是有还不上债我们就扣了别人孩子的，具体叫啥名字……我记不清，但是最后都到了那么几个买家手里。”

“市集上有个打小人的皖婆，她是一个，就是从我们这收孩子……不过她之前就被抓起来处决了……”

纪勇涛：“当年厉村的那个你还记得吗？把人老娘打死了，孩子装麻袋带走了。”

尤吉生不吭声了。

纪勇涛：“不是来查你们的事，我们要查的是那个孩子，今年大概二十岁上下。”

尤吉生不敢信他，万一纪勇涛反手用这件事的罪名报上去，他也要遭殃。

纪勇涛：“你知道这孩子现在是谁吗？小张，拿报道‘脸谱’的报纸来。”

有关“脸谱”的报纸，有厚厚的几沓。

纪勇涛：“我们是在保护你，要是外面有风声，说谁谁当年参与打死了楚稼君的老娘，说不定就是他亲自来找你了。”

半个小时后，尤吉生招了。

尤吉生：“这小孩那时候太瘦了，皖婆不收，就先养在赌会里了。有个大客来玩，看见了他，说想买去当‘干儿子’，买走了。”

纪勇涛：“大客是谁？”

尤吉生：“当时他挺有名的，叫李大鹏。”

当地的所里帮他们做笔录的警察抬头：“李大鹏，十几年前这附近的一个路霸，声名狼藉，在我们这片有案底——最有名的那个案子，就是扒火车。”

纪勇涛：“是不是鸟字边的那个鹏？六年前‘火车大凶案’那个？”

警察：“对，他那个团伙，一共七个人，控制了整条货运火车上的一百九十多个乘客。”

纪勇涛：“我记得，这案子影响很大。”

警察：“是内讧，他和其他五个同伙在下火车前被自己团伙里的一个人下了黑手，当时查案子的人都傻眼了。”

纪勇涛自言自语：“‘脸谱’第一次出现是啥时候？”

那份拿去吓唬尤吉生的报纸，最早的一份，是四年前的一月。

楚稼君做了个很久远的梦。

也许是陈为民的出现让从前的事缓缓浮现出来，他梦见自己在六年前的年末，冒着很大的雪找回厉村，敲响了叔叔家的门。

——自己家没人了，他就去找叔叔。

叔叔说：“你老子喝酒喝死了。你这么多年不回来，是去哪里了？”

楚稼君不说话。

叔叔说：“你不说清楚，我也不能留你啊。你要是给别人当了儿子，人家找上门咋办？”

楚稼君：“他不会找上门了。”

叔叔：“你说不会就不会哦？你是从人家家里逃回来的？”

叔叔：“我留不得你，这十五块钱你拿走。你走吧，你老子、娘的坟在村东三里的池子边，你去磕个头。”

楚稼君拿了十五块钱走，找到了村外池子边的两座破坟，木板插的墓碑都烂了。

他从口袋里掏出两根带血的金链子，丢在坟头，带着一身的伤，头也不回地走了。

这个梦，不知为什么，让他很伤心，他在梦里蜷起身子哭了起来，好像那天晚上所有的雪都是自己哭出来的。楚稼君不明白伤心的缘由，但只要想起那扇家门被关上的画面，他心里就像是被一块石头狠狠压住再碾碎。

忽然，旁边有人推了推他。

多年来形成的本能让他浑身都绷紧了，手伸到枕头下面——但是，他摸到了一个温暖的东西。

楚稼君张开眼，纪勇涛正蹲在行军床边，担心地看着他。男人的一只手伸到他枕头下，好像想拉过枕头，让他转过脸。

纪勇涛的手腕被他紧紧抓住，握住他手腕的那股力气大得惊人。

纪勇涛：“小飞，我回来了，你发梦魇了，在瞎喊啥？”

楚稼君：“我……喊啥了……”

纪勇涛：“什么‘别杀我’？你是不是看了啥片子，啥不该看的？”

楚稼君呆呆地看着他，突然意识到，眼前的纪勇涛是真的。这个人出差回来了，现在是早上五点三刻。

纪勇涛让他继续睡，他的行李全堆在沙发边，散发着舟车劳顿的气息。

他冲了个澡，把一身的怪味洗掉。披着浴巾出来时，许飞已经醒了，蹲在沙发上发呆。

纪勇涛：“听到了点消息，就赶紧回来了。吓到你了？”

楚稼君“嗯”了一声。他也大致能猜到，所谓的“消息”，应该是指陈为民的失踪。

纪勇涛拉过行李：“带了点当地的土特产，你刚好当早饭。”

楚稼君：“吃的？”

纪勇涛：“嗯，拿什么稻草壳做的面饼……算是特产，算不上多好吃，不过你肯定没吃过。”

一个布包被抛到楚稼君怀里，他打开，里面是几个灰扑扑的面饼。某种反胃的感觉瞬间涌了上来——这东西是 P 县那边的特产，叫灰饼。因为没富裕到能拿粮食做饼，这玩意儿是把玉米屑、麦麸、豆壳、稻草灰之类的下脚料弄碎了做成的。

纪勇涛的声音从厨房传来：“有点糙，不过嚼久了还挺香的。你吃几个？我开火。”

楚稼君：“你吃吧，我分一口尝尝味道就行……”

纪勇涛是蒸着吃的，现在估计当地也都是蒸熟了吃。楚稼君记得，这东西其实也可以生吃——本来就是图它可以生吃，不需要浪费木柴生火。

纪勇涛端着一盘子蒸饼出来了，楚稼君实在不想吃这玩意儿，跑去楼下买羊肉包子。纪勇涛看见，客厅里居然有一条狗。

养狗这事儿本来要好好商量的，但一方面陈为民失踪了，一方面陈小虎也要拉去示众，纪勇涛没工夫和他纠结这个。

纪勇涛说：“你捡回来的，你叫小飞，它就叫大飞。”

“你负责遛负责喂，负责给它养老送终，要是家里脏兮兮的，你和狗只能留一个。”

他要出门了。今天，载着陈小虎和其他几名重犯的卡车会从城北出发，经过中间的春风广场，然后出城换车，去刑场。

如果有变故，一般都会在出城换车阶段。

楚稼君想，那就肯定中埋伏了。

比他早抓的、晚抓的，前几天都示众过了，这个人安排在今天，肯定是因为今天才能布完局。

设局的重点一定是换车环节，重点防范，天罗地网。

纪勇涛想，这个人不可能意识不到陈小虎是个饵。

既然意识到，就不可能选换车环节动手。如果不在那儿动手，以这个疯子的作风，必然会在人满为患的春风广场救走同伙。在人群中，警方会有顾虑，他们却没有。

所以对外声称车子是从春风广场走，但是路线会临时改变。今天是周三，广场上的人并不多，一旦路线临时改变，这些人不会特意追着车走；而人群中那些主动去新路线的青壮年，就会是重点监控对象。

十点零五分，灰绿色的卡车拉着五名重犯，缓缓驶向春风广场。经历过前几年的整顿，人们对这样的场景司空见惯，老人还会抱着小孩子，教他们念犯人身前牌子上的罪名。

卡车驶入广场外侧，广场人数大约保持在一百人左右，比预计的更少。因为是工作日中午，所以年轻人少，多是老人和儿童。

就在这时，卡车上的喇叭向人群播报：“路线更改，路线更改，春风广场改为云南中路，路线更改……”

人群有些散开迹象。

其中，有六七个人站着没动，而且紧张地朝四周看。几乎是瞬间，这几个人就全被散布在四周的行动员扑倒了——

这个局顺利地成功了。

所有人都不约而同地松了口气。

纪勇涛用无线电和组内确认：“有发现符合楚稼君特点的人吗？”

回答陆续出现，但都是“没有”。

莫非，楚稼君没有参加行动？临时雇了几个炮灰？他们正在猜测这个人现在的位置，广场外突然传来惊呼：“又有车来了！”

百来人朝广场边缘看去，看见了一副难以置信的场景——五辆一模一样的灰绿大卡车，上面拉着几个戴手铐的人犯，正沿着那辆卡车原来的路线开进春风广场。

真正的卡车正准备转向，被几辆车堵在中间。从远处看，根本看不清哪辆车才是真车。附近的警车都包抄了过来，勒令司机停车。

司机有点困惑："你们不是电视台的吗？"

纪勇涛听见无线电里的对话。司机反复质问什么"电视台""法制节目"，似乎是有人付钱雇他们开车载人过来，要拍节目片段。

真车被包围在几辆假车后面，情况不明。纪勇涛当机立断带人爬上最外面的车，正见到有几辆卡车上的"犯人"被推上真车，又有人被人从车上带下来。都是穿着囚服、板寸头的青年，眉目模糊，混成一堆，像是叶子混入森林。

他对空鸣枪，其中，有两组正从车上下来的人被吓得歪倒在地，只有唯一一组加快速度逃离。纪勇涛对准那组人扣动扳机，一个人被打倒，还有人偏了偏身子，肩膀被打中，被同伙拽着逃上一辆事先停靠在路边的出租车。

被打中肩膀的人是陈小虎，同伙是个面目平凡的中年男人。纪勇涛翻过被打死在地的人，也是三十岁上下的男人，不是楚稼君。

其余的司机和"犯人"都被控制住，他们都是收了钱，以为来拍戏的，满脸惶恐。这群人里，同样没有符合楚稼君外貌特征的人。

楚稼君正在爱呀河小区里，在楼上邻居家，帮邻居的孙子辅导英语。

ABCDE 五个字母反反复复念了很久，小孩子都听睡了，他年迈的祖母坐在靠阳台的椅子上打毛线。

老太太上年纪了，是个耳背，白天在家独自带孙子。听说大学生愿意教小孩读书，欣然答应了今天的上门辅导。

楚稼君从果盘里拿起苹果咬在嘴里，哼着歌看了眼包里的东西——

包里摆着一台大哥大，传来轻轻的歌声。

《小城故事》。

在他和房屏的计划里，如果事情成功，就通过大哥大放这首歌。

10
chapter

第十章

下了班之后，纪勇涛觉得天有些热了。

回到家，许飞做了点凉拌菜，客厅里的电风扇开着，收音机里放着凤飞飞。

楚稼君想吃刨冰。今年很多票都完全取消了，绿豆刨冰店的生意在晚饭后尤其热闹。出来乘凉的女孩子穿着时髦的背心碎花连衣裙，手里拿着刨冰碗，蹲在店门口谈天说地。

两人各要了一碗，靠着路边的梧桐树舀着吃。楚稼君看着被路灯烘亮的夜幕，听着蝉鸣，有点困。小卖部门口的摇头风扇对着内外吹，乘凉老头躺在竹凳上，软绵绵的肚子上摆着小收音机……

夏天快到了。

那次事件后，纪勇涛因为指挥不力，吃了很大的处分。刘纬德本来春风得意了一阵，结果手下人在值班的时候丢了枪。

A 市太平了一阵，只有周边的城市偶尔有些小波澜出现；“许飞”好像也上心读书了，偶尔会在学校里住几天。

陈小虎和房屏从一家店里冲出来，拉开车门上了车。驾驶座上，楚稼君看了眼秒表。

五分钟零七秒。

楚稼君：“差七秒。”

他们把车停在城郊。

陈小虎：“大哥，晚上去夜总会喝酒吧？开去 W 市那边两小时！”

楚稼君低头看报：“有事。”

陈小虎：“我兄弟开的店，啥玩的都有！”

楚稼君看报纸上的火车时刻表：“有事。”

楚稼君要赶最近一班火车回 A 市，早上八点前到，赶上大学解剖课点名。

晚上 A 市的城隍庙有灯会，纪勇涛要值夜班。他要是去探班，勇哥就请他和手底下的人一起吃烤羊肉串。

楚稼君早上去点完了名，趴在课桌上睡了一会儿，还没睡熟，就被解剖老师拎了起来。

老师：“晚上是没空睡觉，天天在忙几万块的大生意？”

“出去！我课上不许睡觉！”

楚稼君被轰了出去，一边在脑子里胡思乱想，一边把手插进口袋出了教室。

他在大学小卖部买了包烟，坐在树下，看来来去去的学生。他想起几年前的煤山案，五个人控制了一整个矿场，起因似乎就是来自某地的矿工被另外几个地区的矿工排挤，起了报复心。

有时候想想这个案子，他的心里会很宁静，会回想起在那个人身边生活的那几年。

楚稼君小时候要是触怒了那个人，就会被拎起来往死里打。

要么做刀俎，要么做鱼肉，这个世上，就这两种人。

那年的那趟火车上，因为是趟南下的货车，里面满是带着全部家当往沿海创业的商人。

钱、金首饰、高级手表……应有尽有。

有一个同伙趁着李大鹏和其他人不注意，将楚稼君拉了过去。同伙的计划很简单，这次行动后，一伙人必然会暂时散开，各自去各地避风头。

不如两人联手，挤掉李大鹏和其他人，可以就此金盆洗手，下半辈子都不用愁了。

楚稼君还没回答，车厢门已经被拉开了。李大鹏站在外面，烟黄的牙齿咬着一个怪异的笑容。

楚稼君一直记得那个笑。

同伙知道自己死定了，不敢吭声。楚稼君当着李大鹏的面，收拾了那个叛徒。

李大鹏："好儿子，过来，多给你点零花钱。"

楚稼君点头，似乎要朝他迈出一步，可就在下一秒，两个人同时抬起手。

楚稼君读懂了那个笑。

他太了解李大鹏了。他的预测很准，其实两个人几乎是同时抬手的，只不过，他快了那么零点几秒。

楚稼君会经常回味那零点几秒。在那一声响起的同时，他听见了某种声音从心里响起。

是猛兽笼开门的声音。

楚稼君正在神游，突然头顶挨了一记。他睁开眼，发现纪勇涛站在自己眼前。

纪勇涛："逃课？"

楚稼君："勇哥你怎么来大学啦？"

纪勇涛："到旁边开个会，干啥不去上课，在这儿坐着傻笑？"

楚稼君："我在想暑假。"

楚稼君跟上他，一起走向停在路边的摩托车："暑假我不想回家了，想留在这儿打工。"

纪勇涛："财迷。"

楚稼君："给家里减轻点经济负担嘛，一个暑假就能赚到半年的生活费了。"

纪勇涛："生活费不用你愁，养你还是养得起的。"

楚稼君："哪天养不起了呢？"

纪勇涛："你啥意思？催我退休？"

楚稼君："不是，你这活儿太累了，好多人都下海做生意去了，勇哥你考虑考虑呗，A 市的条件那么好……"

纪勇涛："我算看出来了，你就是掉钱眼里了。"

楚稼君："我就是不想回去，搬家好烦啊。住你这儿住习惯了。"

纪勇涛："……那你住着吧，多接触接触社会也好。"

楚稼君："真的？那你帮我打电话和家里说嘛，我打电话回去，肯定要被念叨。"

纪勇涛叹气："行吧行吧……"

纪勇涛："我帮你和家里通个电话，说你暑假不回去。"

楚稼君高兴地在摩托车后座紧紧地抱住他，车身左右乱摇一阵，纪勇涛骂骂咧咧地掰正车头，拐进爱呀河小区。

纪勇涛出门去值班，楚稼君去城隍庙玩，纪勇涛喊他带点"凯司令"回去，送给楼上的大姐——那个时不时就给他们送葱姜蒜的热心人。

晚上大概十点去找勇哥，然后一起吃夜宵。

城隍庙的灯会人山人海，但都挺无趣的。沿途摆着的摊子，就是那些每个夜市都看得到的摊子。

他打了个哈欠，买了份八宝粥，坐在桥头的扶栏上，找了个高处，边吃边看远处的公共电影。

夏天的夜里，打着赤膊的男人、穿着背心的女孩子、光屁股的小屁孩们，都搬来家里的凳子，或者在地上铺个席子，聚在城隍庙的空地上，看白布上投影的公共电影。放的是爱情片《小河之恋》，看见男女主手拉手跑过花海，几个家长抓过孩子蒙住眼睛，其他孩子们对着屏幕起哄。

楚稼君随便往人群里晃了眼，居然看见了熟面孔——地头蛇

“胶卷”抱着个孩子，那孩子穿的很体面，手里拿着个大鸡腿，吃得身上全是酱汁。

混在人堆里，“胶卷”就像个普通的中年妇女，晚上抱着孙子出来散步。

两人对视一眼，蜻蜓点水一样错开眼神。

九点了，他和人们一起坐夜班车回市区，纪勇涛送了他一辆自行车，停在小区外的自行车棚里。

楚稼君吹着口哨，骑着自行车停在大队的门口，走向了传达室。

传达室里，有人在打电话。门口也有人匆忙跑进跑出，像是出了什么事。

楚稼君不耐烦地敲敲玻璃窗。打电话的人抬眼看了看，继续打，没理他。

楚稼君砸了窗一字一顿道：“你什么时候好？”

那人有点火大，刚想骂，可仔细看了看楚稼君的脸，神色又变了。

这人是纪勇涛队里的小张。

小张：“你是勇哥的弟弟吧？是那个大学生吧？”

楚稼君：“咋了？”

小张：“快快快！去八院！快去！你，你搭老于的车去——老于，这是勇哥他弟！”

外头有个人招呼楚稼君：“这边！上车！”

车上还有两人，楚稼君被他推着坐进副驾，然后车开了，直接去了附近的市八医院。

楚稼君："出什么事了……"

老于："受伤了，刚送去。"

楚稼君："什么伤？他不是值班吗……"

老于："两个胆大包天来偷枪的，上次偷了二队的，得手了；这次想再偷一把，被小纪撞见了。你哥抓住其中一个的时候，挨了另一个一枪……"

楚稼君：……

车里没人说话，有人从后座递了支烟过来，见楚稼君没反应，就用烟敲了敲他的肩膀。

医院里弥漫着消毒水的味道，纪勇涛被推进病房，人还没醒。

楚稼君坐在病床边，开窗抽烟，心里觉得烦。他也不知道自己坐在床边应该带什么表情，现在他心里就是烦。

说不出的烦，从前没经历过的烦，就像一个只会一加一的人，被丢去大学听高数课。

听见纪勇涛中枪的时候，他心里想的是，死了就好了。

他死了自己就能松口气，回去收拾行李，一走了之。

多好啊，别烦了。

楚稼君趴在窗台上，将烟头按灭在玻璃上，深深叹了口气。

纪勇涛这时醒了，睁开眼睛，看见他背对着自己趴着。

纪勇涛声音哑哑的："你怎么了？"

楚稼君没回头："你烦死了。"

他的声音绷得很紧，好像在忍哭。

楚稼君："真的烦死了，没遇上你就没这么烦！"

他的头低下去，手捂住脸号啕大哭，哭得满脸都红了，眼泪从指缝里落出来。

“我不知道为什么……我就是觉得烦……我很不喜欢这样，你这么烦……”

纪勇涛勉强露出笑容：“我怎么烦你了？大学生……”

楚稼君哭得声音发哑，不说话，就只是哭，哭得上气不接下气。他从来没这么难受过，今天晚上是第一次这样——就好像一个人也许要死了，这个人一死，自己就什么都没有了。

纪勇涛还想说什么，但他看见“许飞”转身，带着满脸的眼泪回到病床边。自己还带着血味的身体被他隔着被子紧紧抱住，“许飞”反反复复说“我不要你死”。

你活下去好不好？你活一百年，一千年，活成个老妖怪，永远不要死。

活到这世上其他人都死光，你也不要死掉。你要一直活，因为活着是很好的呀，我最怕死，死会痛，会冷，会被火烧去十八层地狱的。

所以我不想你死，想你活。

他伏在那人身上痛哭。有某种沉睡已久的深种破土而出的声音。

生物课上，一个老师说了句话，是他为数不多记住的。老师说，种子最长可以保存几千年，它可以保存很久，一直活，只要它是种子，它在睡，它被包裹在厚而冰冷的壳里。

种子永生。人类以为的“生”，反而是它的死。它发芽了，生根了，它就开始了一场注定奔赴死亡的路程。

楚稼君的眼神忽然动了动，他好像看见有影子从自己背后落下来，但其实是看不见的，人怎么能看得见背后的影子呀。

但分明有个影子，有个如同壳一般的影子，在自己身后碎了。

病房里回归了寂静。又睡了两小时，伏在床边守夜的楚稼君被一只手推醒了。

纪勇涛："小飞，帮我做件事……"

他报了个电话号码，是母亲家的座机。

纪勇涛："小飞……帮我去传达室打个电话给我妈……你从我外套口袋里拿一块钱……"

楚稼君走出病房，去外面转了一圈，过了一刻钟，回去了。

纪勇涛："打了？"

楚稼君："打了，打了好几次，忙音，估计在和人打电话。"

纪勇涛想说什么，神色有些落寞，最终一言不发。

楚稼君坐在床沿，轻轻盖住他吊盐水的那只手："没事的，我照顾你。医院的饭不好吃，每天我送饭过来——你差点没命了，我会把你喂得胖胖的，把你照顾好。"

11
chapter

第十一章

刘纬德来医院探望，正好看见许飞在病房里。

纪勇涛的表弟许飞今天也带了饭盒过来。不锈钢饭盒里头摆着半盒红烧肉，透着诱人的红色油光。几个来探病的同事闻见味儿了，凑在病床边：“哟，勇哥，好福气啊。”

刘纬德：“我带了点黄桃罐头，还有蘑菇罐头……还有这个！出门前李队塞过来的罐头，都是外文，我看不懂……”

罐头被交给了大学生，大家都期待地看着许飞。楚稼君看懂了 sea 这个词，他自信地笑了笑。

楚稼君：“海水罐头。”

刘纬德：“啊？那不就是盐开水吗？”

同事：“洋鬼子吃的盐汽水？”

纪勇涛：“送这个干啥？”

罐头打开，不过是海鲜汤。大家火速分了，刚吃下去，有几个吃不了辣的人就吐舌头："是辣味的！"

边上有猛烈的咳嗽声。楚稼君蜷在椅子上卡着喉咙，被辣得满脸通红。刘纬德帮忙开了个黄桃罐头，他拿过罐子，大口大口喝着里面的糖水。

刘纬德最后走到床前对纪勇涛说："你快好起来吧。"

纪勇涛下周提前出院，警力不足，所有人都得像绷紧的弦。

出院前，单位还有宣传的人过来接风，带着一捧花。纪警官冒着生命危险逮捕偷枪贼的事迹算是个小功，比起刘纬德丢了枪，这至少还能对外弄点文章。

李宇："小纪，你怎么还胖了？医院伙食这么好？"

老于："他家那个大学生天天送红烧肉。"

李宇："大户啊，天天吃肉？"

楚稼君刚好拿着不锈钢饭盒进病房，李宇很不见外："快，让叔看看伙食！"

楚稼君僵了僵，往纪勇涛身后躲："叔叔好。"

李宇："大学生啊？读什么系？"

楚稼君："生物。"

李宇："哦！那你会养鱼吗？我家金鱼三天两头死……"

纪勇涛："他们学的都是研究动物，又不是养动物，对不对，小飞？"

纪勇涛打开饭盒，里面还是红烧肉，红艳艳的油光，切得很整齐。

他的伤刚好，晚上还要带队去蹲点。

那两个偷枪毛贼，是有目的在的。

两个人来自同一个帮派，叫兴龙帮，原本是W市的老乡会，随着人口流动增大，在A市逐渐壮大了起来。后来就成了兴龙帮，从兴龙帮里又分出了一支新红花会，跟Y市的老乡会合并了。新红花会和兴龙帮一直有业务冲突。

本月十七号晚上，两边的头头约在晋阳迎宾馆里“碰头”，想商量个两全其美的办法。但其实兴龙帮的大哥已经想好，到时候一声令下，先发制人。

两个小毛贼想弄点装备，到时候立个功。

李宇的意思是，就趁着这机会，把两个帮派都收拾了，一网打尽。

晋阳迎宾馆旁边有A大，上面特意叮嘱了，离大学太近，要注意事态控制，避免追捕时让社会流氓逃入大学。

楚稼君出去遛狗，顺便和房屏见了一面。他最近忙着照顾纪勇涛，三人组没有行动，为了“补贴”他们，楚稼君允许两人接点私活。

房屏和陈小虎通过“胶卷”接了个活——新红花会今晚想和本地的兴龙帮谈判，划地盘。红花会想趁机给对方一点教训，想找两个有本事的来帮忙镇场子。

楚稼君接过房屏的烟：“你们去呗。”

大飞傻呵呵地去蹭房屏，被主人拽了回来。

房屏：“他们也请你了。开了……这个价。”

楚稼君挑眉，有点心动，他问：“就过去转一圈？”

房屏：“是，就求你过去看看，万一有啥事，镇住对面那堆人就行。”

楚稼君冷笑：“出不出手两个价。钱要事先给全，你去和他们谈，谈妥了我出马。”

谈判地点在晋阳迎宾馆，楚稼君回了家，跟狗一起洗了个澡，然后出门。先去西餐厅拿了装备，再转道去迎宾馆。那地方离大学近，虽然不太可能遇到认识的人，但以防万一，还是戴了面具。

到的时候，谈判已经在酒店的会议厅开始了。他懒得待在里面，在二楼找了个露台，拎了瓶酒上去。从露台的斜下方看去，能看见一楼会议厅里的景象。

说是重新规划地盘的友好谈判，两边的人还是都做了准备。出事是必然的，既然收了钱，等对方先动手，自己再下去对付对面的老大就是。

他一口喝完了剩下的酒——算算时间，该出事了。

第一声枪响，人群作鸟兽散。楚稼君刚准备从二楼翻下去，突然意识到有哪里不对劲——

冲入会议厅的，是警察。

纪勇涛带头冲进去：“都不许动！蹲下！手抱头！”

大部分人被逼到会议厅的边缘，也有不服气的想反击，但都被控制住了。兴龙帮的头目离安全出口近，带着几个手下从那里逃出去，又被外面包围的人逼了回去。

男人把一个手下推出去，趁机从包围里窜了出来，跑向地下车库的入口。

晋阳迎宾馆有着A市为数不多的地下平层车库，出口有两个，且都极宽大。纪勇涛让其他人控制局面，自己跟着冲入地下，追着楼道里急促脚步声的回音而去。

空旷的地下车库很灰暗，只有几盏悬着的日光灯，照亮这惨白死寂的空间。

他握着枪，仔细听逃跑者的脚步声，他能感觉到人就在附近，应该就在左前方的柱子后……

纪勇涛朝那儿举枪的刹那，一声女人的尖叫声撕裂了空气里的寂静——一个女清洁工被男人挟持，当作人肉盾牌推向前方。

情况变了。

他微微放下枪头："把人放了。是不是爷们儿？用个女人当挡箭牌？"

纪勇涛："你现在投降，性质还不算严重。外面全是警车，你出不去的。"

其实根本没有那么多警力，二队的警力全被抽调走了，蹲守在南城商业区。

那人根本不上当，伴随着又一声尖叫，女人被推向了纪勇涛。纪勇涛用躯干挡住她，接着就面临一个紧急的抉择——

对面的男人手上有枪，也许老破匣子的连射出弹速度不快，可也不会慢于两秒。

是让女人在自己身前、自己举枪反击；还是说，把她护到身后，再反击？

下一秒，受惊的女人就被他拽到了柱子后。

纪勇涛："别出来！"

他再次举枪对准那人，对方的枪口也对准了他。千钧一发——纪勇涛有个感觉，自己慢了。

枪伤终究没有好透，他的动作比从前来得慢。

他几乎已经断定，对方会比自己快。

下一秒，一声闷响回荡在地下停车场里。

楚稼君在心里骂了一声，决定找其他路线离开宾馆，不想卷进去。他刚翻下一楼，就看见玻璃窗后面，两个男人一前一后冲入了地下停车场。

是纪勇涛。

他愣了一下，决定当没看见，转身走向宾馆大堂。这场抓捕引发了其他住客的慌乱，有许多人仓皇从房间里跑出来避险。

混在人群中，他跟着维持秩序的行动员的引导，从一楼侧门往外疏散。

楚稼君几乎看见了出口。

身后的会议厅又传来几声枪响，每次枪响，人群就会爆发出一阵低低的惊恐尖叫。

他又走出几步，然后，停住了脚步。

人群里，这个长头发的年轻人转过身，反身逆行。他穿过人群，一边走，一边抓起长发，用手腕上的皮筋扎起。混乱的人群中，没人注意到他。

走出人潮的瞬间，他从背包里取出了一样东西——黑色脸谱面具。

楚稼君戴上面具，步入地下停车场的入口。

旁边的柱子后传来轻响，好像是那名女清洁工因为失血和受惊，过于虚弱而昏倒了。

闷响之后，对面再无声息。

人的双眼就算受过训练，也需要一定的时间来适应亮度差异；车库另一头的日光灯因为老化而闪烁，纪勇涛的眼睛勉强适应了暗光和闪烁，看清了对面的情况——

兴龙帮的头目倒在地上，身子微微抽搐。在他的身后，站着一个高挑的身影。

是个穿黑色短袖的男人，脸上，戴着一张黑色的脸谱面具。

灯光再次闪烁。适应了暗光的双眼再想看清些，却发现那人影已没了踪迹。

纪勇涛回忆那个人影，总觉得有些说不上来的感觉。

他“抓住”了黑恶势力的头目，也拯救了人质。但在那个细节上，纪勇涛始终耿耿于怀。

那天晚上，他们队完成嫌疑人交接，除了零星的几个小兵，大部分人都被抓住了。

纪勇涛深夜回到家，客厅的行军床上，许飞抱着狗，把有点小的折叠床挤得满满当当。

见他熟睡着，纪勇涛感到了几分安心。他好几天不着家，但家里反而被收拾得很整齐。客厅的垃圾桶是空的，显然许飞已经倒过垃圾了。

珠宝展延期了，好像因为安保核查的结果，主办方觉得不到位，需要再花点时间来筹备。这座城市又度过了一阵安稳日子，两个黑恶势力都被一网打尽，只有些零星的小案子……

就像骤然平静的海面，没人说得出这种平静的诡异之处在哪儿。

纪勇涛想起小时候看的一本连环画，某地的小野兽们想选个大王，这些小猴子、小老鼠、小山猫，一个个把本领拿出来展示，想证明自己才是大王。

然后有一天，一只老虎来了。

老虎走过它们中间，它什么都不用做，它没有注意边上那群小兽，甚至没兴趣参加它们的“大王争霸”。

它只是从它们中间走过去，在山洞里找了个安静地方，窝着，睡觉。

没有兽再敢说话。

老虎睡觉、吃饭，养精蓄锐，它想吃一块大肉。

珠宝展之前的秋冬之际，A 市有一场南方黄金展览会。纪勇涛已经是众人默认的“接班人”，李宇要他负责布置，确保黄金展不会有任何意外。

换句话说，如果那个楚稼君盯上了这个展，就要把这人拿下。

再换句话说吧，老虎准备吃肉了。

这场黄金展，会有最高的安保，也会有最多的收获。

有很多只“老虎”从天南海北的山林里赶来，准备跟着这只老虎去吃一口鲜肉。

之前楚稼君他们又行动了一次，但首选的逃跑路线直接被纪勇涛派人堵了起来。

随着交手次数变多，纪勇涛对这三人组的作风越来越熟悉。

楚稼君心里是崩溃的——救了那人，结果那人致力于给自己添堵。他也想给纪勇涛来个大的，添个惊天动地的堵，但连反击的时间都没有，就被逼得不得不走备用路线。

走到这一步，人的心里是很憋屈的。

楚稼君回到爱呀河，面无表情地坐在客厅里。他在想，要不要在沙发下动点手脚，等纪勇涛回来，一坐在沙发上，一了百了。

纪勇涛回来了，脖子上和肩膀上包着纱布，被几个同事送了回来。

楚稼君知道是什么情况，却还要故作惊讶："怎么了，勇哥？"

小张："勇哥跟对方追车，直接别上去，结果……"

纪勇涛："别跟他说这个。没事儿，就是点儿擦伤。"

等人都走了，两人在桌边坐下。今晚大雨，很多线索都会随雨水而去。

窗外，是爱呀河暴涨的河水。

纪勇涛："今天在学校里学了点啥？"

楚稼君随便说了几句应付。学校里的老师，有的不太严；有的科目很难弄，就雇人顶替。

纪勇涛："你不开心？"

楚稼君："你一定要干这行吗？去做生意呗。"

纪勇涛："你怕我出事？"

楚稼君："你再这样下去，一定会出事的。"

纪勇涛："今天撞他们车的时候，其实，我好像看见了那个让我差点出事的人。”

楚稼君的心，在这一瞬间狠狠拉紧了。

纪勇涛：“隔着车窗，透过面具，几乎……看见了眼睛。”

“很年轻，真的，很年轻。

“就像这种年轻人，前仆后继做这种事，你说以后弄得好吗？前几年太平了一阵，这几年又开始了，年轻人他就……他就看见了很多……其实是没意义的东西。

“你喜欢的那种，可乐、巧克力蛋糕、进口风衣、进口手表、洋酒洋烟、车、女人……你说，去用命搏这些东西，就吓人。可你让他好好打工，他一个月赚两三百，七八百顶天了。但有人下海，一个月几千……小飞，你可能对这个没感觉，我们原来是看不起这种人的，就……就大家的评判标准，它不一样。”

纪勇涛点了支烟，被呛到了，苦笑。

他说：“听说刘纬德要下海了，不知道去干什么。”

楚稼君：“你跟着呀，我帮你。”

纪勇涛吐出一口烟，笑了几声。暴雨声中，他轻声说：“我接受不了那一套。我不走。”

雨声更大。楚稼君说要跟同学去录像厅，冒雨出去了。

凌晨，纪勇涛几乎睡了，被一个电话叫起来。

电话是派出所打来的：“这是许飞家吗？大学生许飞？”

纪勇涛：“对……是我表弟……”

电话：“哦，你是他家长吧？来一趟南路口的XX夜总会，他有个事，挺复杂的。”

纪勇涛以为自己听错了：“哪儿？”

电话：“南路……”

纪勇涛：“不是，夜总会？”

电话：“对，许飞在夜总会，被查了，你快来吧。”

纪勇涛挂上电话，愣了很久，才确定自己没在做梦。

12
chapter

第十二章

夜总会外面停着警车，里面的活动也暂停了，音乐还放着，震耳欲聋的一首流行歌。

许飞坐在包间里，旁边两个风纪员围着。纪勇涛匆匆忙忙进去："同志你好，来，烟……"

他发了一圈烟，气氛稍微缓和了下来。

包厢的玻璃茶几上摆满了酒，边上还蹲着一个穿吊带的女孩儿。纪勇涛忐忑地确认："是关着门的，还是开着……"

风纪员："开着门。"

纪勇涛松了口气。关着门被查和开着门被查，性质差异非常大。

风纪员："是这样的，最近有些高校反映，某些夜总会在暑假期间接收在校生进去娱乐，腐蚀学生。所以我们也有走访调查，今晚查到这儿，许飞拿不出工作单位证明，也承认自己是A大的学生。”

纪勇涛：“通知学校了？”

风纪员晃了晃手上的烟：“没有，他说他哥是大队的纪同志，就让系统里的人联系了你，核查一下情况。”

纪勇涛主动拉住对方的手：“谢谢你及时把学生拉出歧途，回去一定好好教育，保证没有下次！”

楚稼君在嘀咕：“我成年了……”

纪勇涛吼：“你闭嘴！”

风纪的人走了，纪勇涛让那个女孩儿也出去，疲惫地坐在沙发上。

纪勇涛：“走，回去收拾你。”

楚稼君不走。

纪勇涛：“喝酒，还找陪酒的，你知不知道什么叫流氓罪？”

楚稼君：“知道啊，耍流氓呗。”

纪勇涛：“知道你还敢？你这书还想不想读？我看你就是不想读了！”

纪勇涛想把他拽起来：“你明天就给我买张车票滚回去！我养不动你了！撒谎、夜总会、找陪酒、喝酒——你这有点儿学生样吗？”

楚稼君不肯起来：“你成天去蹲人，你有管过我吗！”

包厢外面，有其他客人好奇地围着。

楚稼君：“你住院的时候我是怎么照顾你的？我天天围着你转！你伤还没好，又去成天蹲那几个人，你成心把自己作死才好是吧？！”

纪勇涛：“我的工作就是追那种人，我不追他们干啥？一起喝西北风？”

楚稼君：“不就是几个犯事的吗，你让他们犯不成吗？他们犯他们的，关你什么事？全国每天那么多犯事的，报纸上都快登不下了，你抓得过来吗？！”

外面有客人忍不住低低地笑，被纪勇涛瞪得没声音了。

纪勇涛：“你这话有问题，你喝多了？”

楚稼君眼眶红着，口齿也有点模糊，显然喝了不少。

纪勇涛看着桌上一堆酒瓶子：“这是喝了多少……”

楚稼君抱着半瓶酒：“你别管我！我喝死也是我自己的事！说不定哪天就听见你死了……”

纪勇涛稍稍有些消气，坐回他身边，也拿起一个剩个底的洋酒瓶晃了晃：“那也不能来夜总会啊。”

楚稼君：“我是大人了，大人凭什么不能来？”

外面的几个喝醉的客人声援他：“对！大人就该来夜总会！”

纪勇涛一拍桌：“哪个单位叫什么名字！跟我回局里查身份！”

外头的客人作鸟兽散。

纪勇涛回头安慰他：“你还读书呢，等入了社会再来这种地方。而且这地方有什么好玩的？都是那种企业家来的，应酬用的，你来干什么？”

楚稼君红着眼眶笑，抱着酒瓶子倒在沙发上，几乎醉死过去。

夜总会的经理来了，在门外探头探脑。

纪勇涛：“你是经理对吧？我帮他把酒钱结一下……”

经理：“不用了不用了！”

纪勇涛：“要的要的。多少？”

经理：“哦，他自己喝的，加上他请全店客人喝的……”

纪勇涛：“什么？”

经理：“他请了全店的客人喝酒。开了几十瓶人头马……这个是账单。”

经理：“三万七千六百六十七块八，帮您抹掉零头，三万七……”

纪勇涛掏钱的手又把那一百块巨款塞了回去，面无表情：“这次你们让大学生进入娱乐会所的事我就不追究了，不许有下次。”

他拖着楚稼君往外走。被拖起来时，楚稼君用脚尖从沙发下勾出一个黑色公文包，无声无息地踢到经理的脚边。

带着醉意的双眼在经过经理时静静凝视了男人两秒，一切尽在不言中。

他们走后，经理收起装满了钱的公文包，一句话都没多说。

楚稼君醉得走不动路，纪勇涛没办法把他塞上摩托车。

楚稼君：“就在这儿过夜嘛……”

纪勇涛：“哪能在这儿过。”

那个经理在门口含笑：“对的，可以过夜的，你们就在包厢里睡一会儿，等这位同学……同志，他清醒一点之后再走。”

包厢里，那堆空酒瓶还没被收走。几个浓妆艳抹的女人靠着走廊抽烟补妆，哼着流行歌。两人回到包厢，滚倒在宽大的黑皮沙发上。

顶上的照灯不停地变色——是楚稼君的手指在乱碰墙上的彩灯开关。纪勇涛把他的手抓下来，他就用另一只手去碰，最后只能两只手一起抓住。

纪勇涛拿起酒瓶喝了一口："还闹不闹？"

楚稼君不吭声，安静地看着他。

纪勇涛在他边上躺下："放心吧，我不会有事的。算命的说我能活过六字头。我现在拼一下，我们才可能有大房子……你不是很喜欢那些吗？就像淮海中路的那栋别墅……"

楚稼君："你可以不用这么拼。"

纪勇涛笑了："那就得换个法子了，好好拍马屁，好好学写报告，买个葱姜蒜的事儿，写成'凭个人能力促成华南地区蔬果贸易零售业进步'，那不就是刘纬德吗？"

纪勇涛叹了口气："事儿总得有人干吧。"

楚稼君："对啊，你不干，也有其他人干。"

纪勇涛："哪来那么多'其他人'……你以后工作了就懂了，每个人都得做好每个人的事。小飞，你以后想做什么？"

楚稼君："银行业。"

纪勇涛皱眉："专业跨度是不是有点大啊？你懂银行吗？"

楚稼君呵呵地笑。

纪勇涛："除了银行业呢？还会干什么？"

楚稼君的眼神在不断闪烁的彩光下看着他："我还会变戏法。"

他从自己的口袋里摸出一张一百元的钞票，塞进他的衣领里。

楚稼君：“还想不想看？再变一次给你看好不好？”

就这样，一张、两张、三张……地面上丢满了纸钞，被空调吹得如蝴蝶乱飞。

纪勇涛在微凉的房间里，沉沉睡去。

不知何时，他转醒。

还是在包间里，还是沙发上，还是不断闪烁的灯光……

一个人站在沙发前，静静地看着他。

闪烁的灯光不断落在人影上，这一瞬间，这个人影，和记忆中的那个人影重合了——停车场，闪灯，面具……

在理智尚未苏醒前，纪勇涛扑向他，死死地掐住他的咽喉，将他拽倒。那人也还击，然而只有几秒钟——

那双手，变得温柔而轻软，沿着他的脖颈滑落，描摹喉结的轮廓。

纪勇涛的酒醒了，看着被压在身下的人，那双带着泪意的、无辜的眼睛……

“勇哥，你怎么了？”那个人问。

他松开手。

“我把你错认成另一个人了……”

“谁呀？”

“一个坏人。”

“很坏吗？坏到你想杀我？”

“他不是人，他是恶魔，不能留在外面的。”

“太阳一出来，恶魔自己就会消失的。”

“太阳出来，恶魔会披上人皮。等月亮出来，它再变回鬼。”

“我像它的人皮？”

因为拉扯而被撞翻的茶几倾斜下来，上面的各色玻璃酒樽、酒瓶，如银河倾泻，落在他们身上，再滚落在地。

楚稼君蜷缩在他身下睡了，酒液流淌满地，浸湿黑色的长发。

就着这样窒息而压抑的姿势，两人再度沉湎。

五点半，天蒙蒙亮。

纪勇涛带许飞回家，推着摩托车，两人沿着河岸慢慢地走。

许飞的酒还没醒透，走路摇摇晃晃的，像个撑起来的人皮架子，在风里翩跹。

一步踏错，他沿着河岸的斜坡滚落下去，摔进爱呀河的浅水中。

纪勇涛站在岸上，靠着摩托车看他狼狈的样子，哈哈大笑。楚稼君在淤泥里站着，对着河水呕了一会儿残酒。

纪勇涛笑到一半，突然脸上挨了一团泥球——楚稼君从河岸里挖出一团淤泥，丢在了他的脸上。

纪勇涛：“呸，进嘴巴了……”

又是一团砸脸上。这次，是楚稼君站在水里笑个不停。

他也没笑多久，河岸上的纪勇涛丢下摩托冲下水，揪着他一起倒在淤泥里，打闹拉扯得一身狼狈。楚稼君笑着求饶：“我不敢了！我不敢了！”

有几个早起赶农贸的人路过，都看着他们笑。两个人玩闹了一会儿，在河水里随便洗了把身子。另一头桥洞下还有四个早上课的小孩子，也在水里玩，拿树枝戳个东西，好像是个人。

纪勇涛过去看了一眼，一边穿衣服，一边让楚稼君去赶人：“我去报给单位，你蹲在边上看着点，别让他们破坏了现场。”

过桥的人渐渐多了起来， 警察也很快过来了，警戒线拉在桥洞口，纪勇涛让楚稼君回家去，不用管这儿。

西餐厅里，陈小虎在低头吃牛扒。他的头发在牢里被剃成了寸头，显得更加彪悍。

房屏也到了，他开着辆新车，车上还带着个女人，两人在门口嘻嘻哈哈闹了一阵，他才从车里出来，让她开车回去。

自从上次，房屏就有种扬眉吐气的翻身感。他换上了进口风衣，戴上了墨镜，走进门时，一股浓浓的古龙香水味跟着飘了进来。

房屏激动地走来走去，搓着手：“大哥，那个黄金展……”

陈小虎厌恶地瞥了他一眼，继续埋头吃。

楚稼君：“这次行动后，你们在江湖上都能当大哥了，是不是，虎大哥？”

他用手指戳戳陈小虎的肩，年轻人没反应。

房屏很兴奋，他从前成天买醉，说要干大事业，成了地下舞厅的笑柄。这段时间跟着楚稼君翻身了，他往舞厅里一坐，身边顿时多了几个抢着点烟的人。

楚稼君前一阵子还说，他头发留长了更像大哥，房屏都记得，特意把头发留了，现在能扎个小辫子。

华南黄金展举办地点在淮江路的会展馆，是个新馆。

珠宝展虽然延期，但地点没有更改，应该还是会在高星宾馆。

高星宾馆距离淮江路的会展馆有七百八十米，有主干道马路。

在高星迎宾馆的展出都很太平——每次展出，旁边的十字主干道都会摆铁马，留一个车位，车辆依次放行。

楚稼君有时吃完晚饭会去爱呀河游泳。废水排放口很宽大，是城市的主排水管，这条主排水管，出水口没有遮挡。

能够容一个成年人爬进去。

房屏在餐厅里扭了起来，在他的心里，这次行动绝对能成。

楚稼君坐在桌子上，跟着扭了几下：“耶耶耶！”

陈小虎依旧闷声不响。

花了两个小时，楚稼君交代了这次行动大致的计划和路线。陈小虎全程不吭声。

等房屏走了，他和楚稼君独处，才恨恨地开口：“他和我们就不是一路人。

楚稼君：“哦？我们是哪路人？”

陈小虎：“我们就是这个活法。他呢？钱赚够了就想从良！这条道上，混了一天，就要混一辈子，哪有还能金盆洗手的？”

楚稼君眯着眼睛凑过去：“你说得太对了。他那种活法，我看不上。”

楚稼君伸手揉了揉陈小虎的脑袋：“所以你才能变成真的大哥。”

陈小虎的眼睛闪闪发亮：“哥，其实我发现你是不是平时住爱呀河那儿？那边是干警小区！”

楚稼君：“唉，随便住住吧，也不是我想住，就随便找个地方落脚。”

陈小虎：“周围都是警察你不怕吗？”

楚稼君：“怕什么？我这辈子就还没有——”

话音未落，楚稼君的拷机响了，是纪勇涛来的寻呼。

纪勇涛：“你人呢？不许再待在外面了，马上回家！”

房间的地板上，摆满了裹尸袋。

发现的时候是八月二十七日。暑假。等到九月零三号，一共有四具尸体被找到了，都被冷冻过，无从得知具体的死亡时间。

某个消息，从内部流了出去。

在 A 市里，有个很危险的杀人犯。说不定，就是那个楚稼君。

13

chapter

第十三章

对楚稼君的调查进入了一个诡异的死胡同。

全市严查，在外来人员必须凭二证滞留的情况下，所有的宾馆、出租屋、旅店、夜总会，都没有身份不明的入住者；在可留宿的场所，如果发现男性单独行动或几名男性共同行动，作息异常，没有正规工作，却出手阔绰，就要立刻上报。

尽管收到一些报告，但排查下来都不是。

这很矛盾。首先，根据当时厉村的调查来看，楚稼君不可能有亲人——至少是有能力收留他的亲人滞留在外。但现在看下来，这个人的行踪诡异，很像是有亲友窝藏，为他提供安全身份。

于是，情报悬赏的要求改为，近半年从外地来到 A 市投靠亲属，此前从未出现，没有正规单位和工作，平时深居简出，不与外人交流，亲属避免向邻居聊起这位“远房表弟”……

也有上报，但是，同样迅速排除。

纪勇涛：“他会不会胆子更大，更高调，不是借住，而是自己承包了店面，用来居住？”

“这个店面，很可能是肉铺、水果店、冷饮站、餐饮……有冷库的地方。”

李宇：“走访把这些地方加进去，一般是承包店面，而且在里面居住，那种新开出来的店，没啥生意，老板和几个伙计都住在里面。”

纪勇涛：“还有一个隐患——内部包庇。”

会议室里面瞬间死寂，连李宇都没有立刻说话。

纪勇涛：“其中一具尸体，确定是陈为民的。陈为民当时是从招待所‘失踪’的，其实已经被这人杀害了——”

李宇喊停了。因为如果再说下去，问题的性质就很严重了。

谁会杀陈为民？

如果是入招待所盗窃，为什么会去偷一穷二白的陈为民？这是很精准的截杀，唯一的嫌疑人只有楚稼君。

那么，楚稼君怎么知道陈为民来了？

这个消息太快了，陈为民今天到，今天出事。他不仅知道陈为民来了，还知道到的时间，住的地方……

——有内鬼。

唯一的可能，有内鬼。

这个内鬼在陈为民来了之后，立刻就偷偷告知了楚稼君，目的就是绝对不能让画像师完成楚稼君的画像。

楚稼君是怎么买通“内鬼”的？用钱？

谁需要钱，谁最近又突然阔绰……

会议室里的人都不傻，许许多多的眼神带着怀疑看向了坐在纪勇涛身边的刘纬德。

有传言，刘纬德要下海做生意了。

——他的本钱从哪儿来的?

一声闷响，刘纬德顶开椅子站了起来，脸憋得通红，不言不语地冲出了会议室。纪勇涛追上去:“不是你，大家都相信你的。”

刘纬德：“相信个屁！

“我……我是为了我女儿才准备下海的！我的本钱都是借我老丈人的！我知道这对不起兄弟们，那怎么办呢？她一包特殊奶粉就是几十块钱，谁买得起？！”

纪勇涛：“没人说是你……”

刘纬德打开他的手，声音都拉高了：“纪勇涛你那个弟弟才可疑！一个大学生整天吊儿郎当的，你以为他在夜总会闹的事我不知道？风纪组那边都快把这事儿传遍了，单位里早传开了！三万多的酒，你怎么免单的？他什么成分？你什么成分？”

回字楼里，越来越多的人聚在檐下，莫名地听着这场咆哮。

刘纬德手指着天：“我要是内鬼，我天打雷劈！”

阴霾的天空，却恰好在此时响起了隐隐雷鸣。

这栋楼里的人因为职位，大多都是坚定的无神论者，这个巧合却来得如此之诡异，配上刘纬德的声嘶力竭，透出了几分森然。

片刻后，刘纬德颓然地放下手。一个传达员跑上楼，似乎有话要递给他，但是看看气氛，又不敢开口。

刘纬德：“什么事……”

传达员：“刘队，你家里的电话……好像是医院……”

刘纬德沉默地点点头，转身下了楼。家里打了电话过来，女儿又病发了，妻子和岳母都在医院里等报告。

楚稼君从爱呀河里出来。夏天了，在河里游泳的人也多了。排水口那边的人很少，因为太臭。

二十七分三十九秒。

假设新会展馆内部的地下排水通道能顺利进去，这就是他们撤离所需的时间。

展馆的地下排水入口在南馆那边，从窨井进去。他安排房屏开车接应，那辆车只是个幌子。

就算是房屏，也只是个幌子。

他去干净的水域洗了身，抓起丢在浅滩上的衬衫裤子套上。回爱呀河小区的路上，楚稼君还遇到了刘纬德。刘纬德怀里抱着女儿，和妻子一起回去。

遇见楚稼君时，他的眼神有些躲闪，大概是白天的失态让他对于指控“许飞”感到了些许愧疚。

纪勇涛也刚好回来，看见刘纬德，急匆匆地跟过去：“老刘，老刘！大家都是信你的！”

刘纬德没有说话，带着妻女走进了电梯。

吃完晚饭，纪勇涛在家里找东西。

纪勇涛：“有套没看过的电视剧录像带，你记得放在哪儿了吗？

“找到了……小飞，你拿上这个，再把门口的西瓜捎上，带去给老刘。还有一桶油，一袋麦丽素……”

楚稼君试着用两条胳膊捧起纪勇涛说的那些东西，有点勉强。

他摇摇晃晃地走向门口，“吧唧”一声，西瓜砸在地上，碎了。

沿河岸的水果摊前，两人在挑西瓜。

纪勇涛：“你会挑吗？挑个沙瓤的。”

楚稼君：“万一他喜欢脆的呢？”

纪勇涛：“他说过他女儿喜欢沙瓤的。”

楚稼君：“我也喜欢啊，问问看咋挑。”

纪勇涛瞥他一眼，楚稼君每次吃西瓜，就只挖中间最甜的那一块。

路过电影院，《煤山枪声》的海报正在被撤下，换成新的爱情片。

纪勇涛不爱看爱情片：“这个月又没片子看了。”

楚稼君想起看《煤山枪声》时，最后那个凶手的妈妈冲出来，跪在人群前，求大家放过她孩子。楚稼君在那儿看哭了。

楚稼君：“最后那段，勇哥你看了真的一点感觉没有吗？就是那段……”

纪勇涛：“啊？自己管生不管养，你替她感动什么？好笑不好笑，但凡自己管管孩子，也不至于这样。”

楚稼君：“……那要怎么管啊？”

纪勇涛：“你怎么了？”

纪勇涛摸摸他的额头，像拍西瓜一样拍了两下。

楚稼君：“我要是犯事儿，你会怎么样？”

纪勇涛笑了：“你又不犯事，你一读书的，能犯什么事？”

楚稼君：“……万一有那天呢？”

纪勇涛的手比了把枪，手指顶着他的眉心：“我毙了你。”

纪勇涛抱着西瓜沿着河岸走回去，走出几步，发现楚稼君仍在原地一动不动。

水果摊的昏黄灯光斜斜地落在他身侧，那双眼睛望着纪勇涛走远，眼神中闪动着一种不可言喻的绝望。

楚稼君：“万一呢？”

纪勇涛：“没有万一。”

楚稼君：“万一呢？”

他的眼睛死死盯着纪勇涛，试图从男人的眼中挖出一条缝来。

纪勇涛说：“你不会的。”

楚稼君说：“那要是有一天，有人告诉你我犯事儿了，你是不是就让他们抓我？”

烟快吸尽了，纪勇涛抖掉烟灰，笑着叹了口气：“不会的。”

楚稼君的眼睛亮了：“真的？”

纪勇涛：“真的。因为我相信不会是你，你是被冤枉的。”

楚稼君：“那他们要是抓走我了呢？”

纪勇涛：……

他沉默了很久，直到这支烟燃尽，纪勇涛丢开烟头，拉起他的手。

纪勇涛拉着他的手，走过爱呀河边。

纪勇涛笑他：“怎么哭啦？这有什么好哭的？”

纪勇涛：“别哭啦。想到什么事儿了，哭得这么伤心？”

“你有爹有娘，有学校读，有个家，家里还有条狗等着你遛，你哭什么呀？

“等给刘纬德送点东西过去安慰，咱们一起出来遛狗吧。大飞又胖了，要遛久一点。”

黄金展前三天，“楚稼君”的模拟画像出来了。

因为缺少人证，纪勇涛同意用许飞的照片做参考。但是画像出来后，办公室里的人都笑开了。

李宇：“欸，找打不？让你们照着人家弟弟做参考，没让你们真的照着人家弟弟画啊！”

李宇：“要不小纪你大义灭亲，把大学生抓了，咱们交差？”

纪勇涛：“然后省里派人来审问：‘你怎么学会抢银行的？’，对方答：‘我在图书馆里查的’……”

纪勇涛把图钉按在地图上，在展馆地图边，还有一张黑白图。

它好像不是城市的马路，而是更古老的地下设计图。

就像楚稼君预想的，在周末展会前，主干道就被铁马拦住了，只留了一车道的通行口，车辆依次通行。

周六开始，进展参观需要门票和身份证明，还有安全检查。周五布防全部完成，下午四点封路，车队护送展品进场……

楚稼君还带着饭盒，去展馆那边探了几次班。展馆内外都清空了，纪勇涛带人在对着地图算步数。

纪勇涛跟他在外面的花坛边上吃了饭，今晚展品进场，有个半夜班。

楚稼君："你几点回啊？我录了电视剧，等不等你看啊？"

纪勇涛："不用等了。"

那意思是，至少凌晨三点之前都是一队的班。

楚稼君不打算正面和他们起冲突。黄金展，整个城市的警力都会聚在这儿。

趁着交班混进去，用不会引起外面人注意的手法摆脱展馆内的守卫，带着战利品从下水道撤退，东西就一直放在里面，等风头过去再销赃。

货车将展品一箱一箱地送入展馆，陈小虎也到了，他伪装成了一个修鞋的小工，坐在马路对面。楚稼君远远瞥见他，装作毫不在意地走了过去。

他伸出一根手指，抵在唇上，似乎只是摸了摸嘴唇。

"第一步"。

凌晨三点半，警报响了起来。

刘纬德从调度车里带人冲进展馆，他们听见了警报声，有人混入了展馆。

房屏："我们是三点一刻行动，三点半在馆内会合，对吧？"

楚稼君："对，一分钟都不能迟。三点一刻，从垃圾通道进去——那边只有一组人盯着，趁他们不注意，果断潜进去。我和陈小虎走天窗的路。三个人都走同一条路太冒险。给你一条最简单的，别掉链子。"

在大家分道扬镳前，楚稼君在西餐厅请他们吃了一顿烤肉。

楚稼君：“这个就是‘信号’。你进去，如果遇到阻拦，就点燃这个瓶子。我和小虎会过来支援的。”

房屏没有怀疑。

不如说，他感觉不到需要怀疑的理由。楚稼君的计划每一次都这样，疯狂而离奇，却总能带着他们安然落地。

他在三点一刻潜入展馆，在三点半抵达了主展厅。警报声旋即响了起来，所有枪口都对准了他出现的方向。

房屏缩回通道后，从包里取出那个瓶子，点燃，举起——

忽然，他听见了一种声音。

很轻，很细微，带着微微的震动。

就像小时候拿开水灌进玻璃瓶，玻璃在碎裂前一瞬的……

轻响。

闯入者戴着黑色的脸谱面具，扎着马尾，身形偏瘦。

刘纬德看见那个人高举燃烧瓶，准备向他们投过来。但就在下一秒，那个被点燃的瓶子碎了。

高浓度的酒精立刻淋在那人身上，瓶口燃烧的纱布成了火源，顷刻间，火舌吞没了男人。但在他举起瓶子前，第一波射击就已经打中了他的躯体，他只发出了几声骇人的号叫，就带着烧伤和枪伤倒落在地。

楚稼君对那个瓶子很有信心，此时，刘纬德他们应该已经抓到了房屏，他们会有某种不确定的狂喜——这个长头发的男人悍然闯入会场，很像传说中楚稼君的作风。纪勇涛家的电话也响了起来，大队把纪勇涛叫去了，最紧要的就是确认这个人是不是楚稼君。

刘纬德好糊弄，纪勇涛可能……有点麻烦。

光凭“长头发”和“悍匪”可能还不行……房屏的面部和双手大概率已经烧毁，确认身份的难度本来就高。

楚稼君其实没怎么和法医打过交道，他不知道，房屏的替死根本不可能成功，但是从延缓警方的决策来看，其实是有一点用的。

比如刘纬德，就已经在尸体边自我安慰了起来：“是他，肯定是他！”

纪勇涛看着面目全非的尸体，脸上还盖着那张被烧融的塑料面具，和面部的皮肤彻底融化在了一起：“年纪看着差得……这样看不出来。得等法医出测骨的报告。”

纪勇涛：“让法医先检查，问省里借人，看看最快多久能出测骨的报告。”

这个疑似楚稼君的人身份最快能在几天后出来，但对于黄金展的保护，似乎没有原来那么草木皆兵了。如果死的是楚稼君，他的手下很难在没有领头羊的情况下策划精密计划。

上午，黄金展照常举行，一切顺利。而意外的发生，是在下午。

下午三点，展会将尽。

此刻，还在展会里的人惊愕地抬头，他们看见落地窗外出现了一个不可思议的东西——尽管大城市中随处可见正在开工的工地，随处可见大型起重设备……

但是，一台大型吊车正在伸直力臂，从街外用机械臂撞向展馆的玻璃落地窗。马路被铁马封锁也没关系，用吊车的机械臂隔着一条马路，再造一座“桥”出来就行。

伴随着一声巨响，机械臂撞碎大玻璃窗。人群惊慌四散，守卫的枪口全都对准了那条机械臂。展馆入场需要搜身，违禁物品都不可能被带进来，所以，当他们对准机械臂的时候，没有想到会有两个戴鸭舌帽和口罩的青年抓起地上的碎玻璃，当作武器，从背后夺走了两名安保的枪。

下一秒，混乱声在展馆内响起。

14

chapter

第十四章

那个开吊车的人找到了，是附近工地吊车工的儿子，因为很小就跟爸爸一起上工，所以尽管才十八岁，已经能独自控制吊车了。

他是被人提前买通的，就记得那人戴着墨镜，比自己高。最后他对着陈小虎的照片认了很久，不太确定地点了点头。

场馆里已经一地狼藉，大部分观众在混乱中逃了出去。门被关上了，用东西堵了起来，场馆内外此刻是一幅荒诞的画面——吊车的机械臂卡在了落地窗中，正被人操纵着缓慢而艰难地退出去；透过落地窗，里面是满地杂乱。

有两个人装走了柜面上的金器，然后在警察破窗而入之前，冲入了男厕。在之前的地形调查中，男厕所平时被关上的窗是能打开的，从那边的窗户出去，沿着花坛，可以直接潜入今日无展的 2 号展厅。

整个会展中心有 3 个展馆，黄金展用了 1 号，2 号和 3 号今日都是空馆封锁，但其实所谓的封锁，也只有一条铁链子把门拉上而已。

黄金很沉，但只要把它们丢进下水道，这个计划就几乎已经成功了。2 号馆直通管道室，管道室与外界基本封闭，从常理来说，要围追堵截，不会把宝贵的人力安排在这种死胡同。

楚稼君和陈小虎冲过无人的空馆。从二楼的玻璃窗外，能看见楼下迅速增调的警力。陈小虎被这个阵仗弄得一滞，脚底打了滑，楚稼君一把拽起他，面不改色。陈小虎忽然意识到，他们是两个完全不同等级的人物。

五分钟后，楚稼君推开了 2 号馆南侧通往管道室的门，然而下一秒，他骂了句脏话，关上了门。

门外，不远处就是地下水道的窨井入口，但原该无人看守的地方，此刻居然有警卫在守着。

楚稼君的地下水道图纸是向“胶卷”买的，纪勇涛则是让系统内的人从档案室调的。双方都觉得那会是个小概率事件，却在此刻成为决定胜败的关键。

陈小虎：“还有另一个窨井……”

楚稼君不想和他说话。一个井口被拦住，说明另一个肯定也被拦住了。他们出去的路被堵死了，没人想得到，会有个怪胎和自己一样，惦记着下水道。

最后的办法就是强行从窨井逃亡……他们没有多少装备了，如果去和警卫正面冲突，就必然会引来追捕，并且要放弃黄金。

不，还有一条路。

楚稼君看见旁边的电梯。空馆的电梯可以直达地下停车场，那里肯定也有布防，而且，只要停车场的人一看见电梯的运行灯亮了，肯定会着重注意电梯，把力量集中到电梯停靠的楼层……

楚稼君心里迅速产生了一个计划，他带着陈小虎往楼上跑。

一个逃出生天的计划，风险极低，并且，能保全黄金。

现在需要争分夺秒，纪勇涛已经确定他们在 2 号馆，这里很快就会遍布警卫。

地下停车场里，负责此地的警卫发现电梯的运行灯亮了。

这是 2 号梯，对应 2 号展馆，而 2 号馆今天没有展出，现在是非常时刻，更不会有工作人员出去。

全员戒备，其他层搜查的人员也被调来了地下层。纪勇涛和刘纬德那边同时从对讲机得到消息，但做出了不同的判断。

纪勇涛的判断是不动，停车场调度的警力足够了，就算是荷枪实弹的两个人从电梯出来，也不可能和十几名武装警卫正面对抗。

纪勇涛："其他出口提高警惕，很可能他们还停留在 2 号馆，准备趁机从薄弱处逃出去。不排除他们回去的可能，二队不要分散，再重复一遍，不许分散！"

刘纬德："他们不会回去的！ 2 号馆所有的出口全部锁死了！"

二队的力量被派去了停车场支援，刘纬德留在一楼的电梯厅继续跟进，不停地换着手抓对讲器。

他的身边是侧门出口，在几百米外，展区的路边就停着调度车。

突然，一个怪异的声音从他身后传来，声音的来源，是电梯门。

电梯明明降到了地下一层，可是，一楼的门却开了。

是被人强行用蛮力撑开的。

地下一层的电梯门正常开启，里面却空无一人。

地面一层的电梯门被人从里面强撑打开，那两个人，应该是进电梯之后按了地下停车层，然后用最快的速度从电梯里打开厢内上方的顶窗，爬到电梯顶，坐在电梯厢的上面下楼。

所以地下一层的电梯打开后，里面没人；人站在电梯厢的上方，撑开上一层——也就是一楼的电梯门。

刘纬德还没看清里面的人影，就被踩倒在地，对讲机滑了出去，被另一个人踩住。

对讲机里传来地下的通讯：“电梯里没人，各防守点有无异常？”

各个防守点陆续回报：“南 2 点，无异常……”

刘纬德浑身的血都在此刻凝固。踩着他对讲机的人微微侧过头，大概也为现在的情况而犹豫。

调度站如果得不到刘纬德的回复，一定会意识到这边出事了。

对讲机里已经有人在问：“二队？二队？刘纬德？”

制住刘纬德的人威胁他：“说没事。”

刘纬德颤抖着，微微摇头：“不、不行的……不会让你们跑路的……”

另一个人弯腰拿起地上的对讲机，可就在俯身时，脸谱面具的带子断了。

那个人的真容，显露在刘纬德面前。

一切都仿佛凝滞了。

两人的对视，其实只是一瞬间的事，可刘纬德却好像盯着这张脸，看了很久一样。他目瞪口呆，甚至无法喊出那个名字。

失去了面具，那人先是一怔，然后无奈苦笑，叹了口气。他迈开一步，轻盈地蹲到刘纬德身边。

楚稼君："刘叔叔好。"

刘纬德：……

楚稼君："不好意思哈，呵呵呵……"

他好像真的像个犯了错的孩子，不好意思地挠挠头。

陈小虎："动手！就几百米，我们冲出去！"

楚稼君抬眼，就一个眼神，陈小虎安静地闭上了嘴——确实就几百米，但如果动手前弄出动静，所有人都会涌过来，这几百米简直就跟跑过雷区一样凶险。

楚稼君："刘叔叔，我们谈谈吧。"

他示意陈小虎放开刘纬德，拍了拍男人的肩。

楚稼君："开门见山吧，你不用死的。你可以拿到钱，拿到很多钱。"

"你开口说一句话，告诉他们，这里没事。一句话，两百万。

"我说到做到，两百万一分不少，下周你挑个时间，去我说的地址，两百万就是你的，你放一百万个心。我要是这点信用都没有，道上就不会有人跟我混。"

刘纬德："你是……楚稼君？"

楚稼君：“对，不过，你记住，你要叫我许飞。”

对讲机那头还在催促。

楚稼君：“告诉他们，没事，这里不需要人手。”

刘纬德：……

楚稼君：“刘叔叔，你想什么呢？你不是一直想带梦梦去国外看病吗？想送梦梦去国外留学吗？你看梦梦现在，每周都要去医院，要吃特殊奶粉，瘦成那样……”

刘纬德低下头，死死咬着牙，但忍不住眼眶红了。

楚稼君：“你一句话就可以救梦梦，你每个月三百块不到，你怎么养活她？叔叔，我做我的事，你做你的事，拿了钱，你就是我这边的自己人了，以后你有什么难处，我楚稼君第一个帮你。”

刘纬德的头更低了，他轻声问：“两百万……真的？两百万？”

楚稼君：“两百万，你拿去做生意也好，拿去存着也好，你女儿就能过上好日子了。”

刘纬德缓缓抬头，眼光闪躲：“你真的……给我？”

楚稼君伸手指天：“我要是不给，天打雷劈。”

刘纬德：“你犯了那么多事，你还怕天打雷劈？”

楚稼君：“我下雨天都不敢从树下走。刘叔叔，他们在催，你的意见呢？”

刘纬德几乎将下嘴唇咬出血，几秒后，他点了点头。

刘纬德：“两百万，说好了！你……把对讲机给我……”

楚稼君交出了对讲机，交给了这双颤抖不已的手。男人第一次还把对讲机掉到了地上，手忙脚乱才握紧。

他最后抬头看了看两人：“我为了我女儿……”

刘纬德按了对讲机的通话键。

然后，所有的防守点都听见了他的声音。

平时，刘纬德说话，是很温厚和缓的。

此刻，这声音，几乎听不出是他的声音，它声嘶力竭，仿佛是心电图的曲线被死死地拉紧，绷断时的瞬间弦音——

“一楼，是许飞——”

是许飞。

正在赶往南侧的纪勇涛，停下了脚步。

然后，刘纬德的通话断了，只余下一道杂音。

寂静的杂音。那个被夺下的对讲机被一脚踢飞出去，撞在角落。楚稼君面无表情地看着坐在地上的刘纬德，什么也没说。

刘纬德睁着眼，满眼血红。平时明明那么胆怯的男人，现在却大大地睁着眼，直视前方。

楚稼君听见他的呢喃。

刘纬德：“帮我告诉梦梦。”

“告诉我的梦梦，她爸爸没给她丢人。”

楚稼君的手指凝住了。

他说不清是什么在阻碍自己，他不认识这样的父亲，他认识的父亲，是签字画押后把他卖给赌会的男人，是让他冲在最前面开道的男人。

他没听过这样的父亲，喊过自己的名字。

刘纬德颓然倒地，陈小虎动的手。他愕然地望着呆滞的楚稼君：“大哥，你怎么了？”

楚稼君："什么？"

刘纬德还保持着先前的表情，睁着双眼。

陈小虎："冲啊！我们得去车那儿！"

楚稼君没动。

陈小虎："大哥？大哥？"

楚稼君的脑中在思索最后的挣扎，可他脑中一片空白，仿佛有个声音在号叫，一切都结束了。

他想的只是，完了，出门前，忘了很多事。

忘了洗水槽里的盘子，忘了遛大飞，忘了带钥匙。

会挨骂，但是，他现在觉得，挨骂也不错。

要是没有来这趟……挨骂也不错，宁可挨骂。

巨大的绝望和恐惧淹没了他。

其实只是被一个警察发现真身而已，他说不清为什么会有这么深的绝望。

因为回不去了。

没了钥匙的自己，回不去了。

楚稼君几乎要放弃，他木然地站着。

"盘子……"

"狗……"

"钥匙……"

他的双唇颤抖，不断重复着这三个词。

如果花钱就能把时光倒回到昨天，他可以用掉自己所有的钱。

想回去，想一起趴在阳台上抽烟，想去大排档吃烧烤。

什么都没有也可以，什么都毁掉也可以。

想回去。不择一切手段……许飞想回去。

他猛地转过头，眼神中的茫然宛如退潮消散，黑皮手套和面具、身上所有可能被发现的线索，统统被他丢到了角落，“轰”的一声轻响，所有的证据灰飞烟灭。

楚稼君：“我要回去。”

“跟着我说的做，你也能回去。”

是许飞。

纪勇涛的脚步，再次踉跄了一下。他几乎能感到周围人的窃窃私语。“是许飞——”这句话没有说完就被打断了，也许它不是这样解读的，刘纬德带点 G 市口音，说的或许是其他近音词？

可是，许飞又是谁？

这个诡异的孩子，穿着完全不像大学生，在火车站粉墨登场。会跳舞，会混夜总会，会花钱大手大脚，会说奇怪的话，会去友谊商店，会时不时从“打工”的地方带回许多“老板不要的高级货”给纪勇涛……

会很怕和自己分开，他是那么害怕，好像离开了纪勇涛，就再也没有家了。

纪勇涛重复那句话：“是许飞……”

二十多岁，身高、长相、特征……

是许飞。

他们撞开一楼的侧门，里面还有没有燃尽的余火，刘纬德倒在地上，而在一楼正中间，是两个人影。

突然之间，所有人都意识到，这句话可能还有其他含义。

陈小虎站在许飞身后，许飞跪着，脸上有很重的淤青。

陈小虎：“都不许过来！再过来一步他就死！”

也许，人质，是许飞。

这个也许，显得那么单薄而存疑。但陈小虎的手紧了紧，许飞痛苦挣扎，喉头出现一道殷红。

陈小虎：“准备一辆车，不许跟着！五分钟内，车停在门口，你们都出去！”

“听见没有？出去！”

纪勇涛举枪，走近一步。下一秒，陈小虎陡然激动了起来，手狠狠刺了下去——

陈小虎确实在激动。因为这是计划之外的变数——他没有想动，是楚稼君用尽全力抓紧他的手，刺向了自己。这看起来，就好像是陈小虎行凶，许飞挣扎。

陈小虎突然意识到什么，他低头，看见楚稼君盯着自己的双眼。

那双眼睛含着某种宽松的笑意，代表着计划的成功。这个计划，从一开始就不是帮助陈小虎逃离，而是帮助“许飞”。

帮助楚稼君，彻底成为许飞。

打入陈小虎眉心的子弹，好像重锤般将他砸向后方，景物伴随着视觉错乱的杂乱颜色，呈现出某种如玻璃彩光折射的绚烂。

就像楚稼君的双眼。

15

chapter

第十五章

楚稼君在医院醒过来。

脖子上有缝合和包扎过的痕迹，病房内外都站着警察。他只想看到纪勇涛在哪儿，动了动头，但脖子上的伤口钻心地疼。

门开了，进来了两个穿警服的警察，一男一女，都带着和蔼的笑容走向病床，好像探望生病儿童的热心人。那笑容让他心里警报大作，果然，两个人都带着笔记本，在床边坐下："你感觉怎么样？"

楚稼君尽可能装作虚弱，摇了摇头。

审问员："没事的，我们就是问你几个问题。对了，还有个消息要和你说，刘纬德同志牺牲了。"

两个人的目光精密地扫描过他脸上的每一丝细节。

楚稼君的眼神先是迷茫的："刘纬德……刘纬德……是不是

那个……就是勇哥单位那个……”

男人点头。

楚稼君声音沙哑：“我看到他……咳咳咳……”

楚稼君：“那，我看到的真的是他？”

两个人都没有回答，楚稼君的演出没有得到任何评分。

审问员：“你的名字是？”

楚稼君：“许飞。”

审问员：“年龄是？”

楚稼君的眼光不断闪烁，他不能回答得太顺畅。一个刚刚从鬼门关回来的男大学生，面对这场突然的审问，应该的表现是不解。

审问员：“你不用反问我们，我们的问题，你知道就回答，不知道就说不知道。”

楚稼君不安地点头。

年龄，生日，父母的名字。问到父母生日，说了不知道。

学校的课程表，要好的同学名字，打工的地方……他一一都说了出来。

纪勇涛其实就在门外，他听见部分审问，一直看着地面的眼神动了动：“他要真的是楚稼君，这不就是打草惊蛇吗？”

李宇：“那就当场拿下。如果不是，就皆大欢喜。”

纪勇涛：“欢喜个屁啊，老刘死了。”

纪勇涛深深吸了口烟：“怎么和他老婆孩子交代？”

李宇欲言又止，也点了支烟，默默地抽起来。

门后的审问，节奏也越来越快。这些审问，其实在之前就经过了走访。他们掌握了许飞离奇的大学生活——几乎不去学校，买通同学替自己签到和考试。

打工的地方是一家歌舞厅，老板和经理都和道上有点粘连，可以提供假证。

大学的生活成了突破口，被审问员长驱直入。突然，楚稼君掩着脸哭了起来："我可以说，但你们……求你们别告诉勇哥……"

楚稼君："我不想读书，我想做生意，我在歌舞厅倒卖走私烟，赚了点小钱，我就不想读大学了，觉得读出来也就那么点钱。我就用倒卖烟酒赚来的钱去买同学替我考试，我就可以去琢磨路子。"

他的招供，等于一步突进。两个审问员换了下眼神，改问夜总会的事。

审问员："三万多的酒钱是从哪儿来的？我们问了经理，你最后付了钱。"

楚稼君："是……是从歌舞厅老板那借的本钱，有借条。"

三万多的酒钱已经被夜总会入账了，没有发现钞票的异常连号，要么"许飞"说的是真的，要么这笔钱已经洗过了。

审问员："你为什么去黄金展？"

楚稼君："我……钥匙掉了。前一天我去那儿探班，回家找不到钥匙了……然后爬窗子进的屋，第二天就想去展会找找……顺便看看展。"

审问员："你探班也是在展馆外面探班，钥匙掉了也只是掉在外面，为什么进去？"

楚稼君："就突然好奇，想看看……"

审问员："重复一下你在里面的经过。"

楚稼君："我那时候想去二楼看看有什么东西……咳咳……刚上楼，就听见了下面的动静……"

审问员："有几个人？"

楚稼君："什么几个人？"

审问员："劫匪。"

楚稼君："两个……都戴着那个面具……"

审问员："刘纬德同志最后都做了些什么，你还记得吗？"

楚稼君："我……记不清了……"

审问员："你高考分数最高的是哪一门？"

楚稼君："好像是……化学……"

审问员："两个劫匪都有武器？"

楚稼君："不记得了……"

审问员："问歌舞厅老板借了多少钱？"

……

里面的人出来了。

审问在楚稼君的崩溃中结束。他捂着脸，要求见老家的母亲。

审问员："目前的问话里，都没有发现铁证。虽然疑罪从有，可考虑到是大学生，我们还是想谨慎处理。"

纪勇涛："他如果是演的，那演得太好了。他想见妈妈，就让他见吧。见了面就分明了。"

审问员："我们也是这样想。他说原本是两个人，不知道什么时候就只剩一个了，另一个不知去了哪儿——很多问题他都回避或者模糊掉了，不排除是真的，他的反应、回答，很难找到确实的证据。”

审问员：“还是联系他老家的亲人，一方面送照片过来，另外再来个人，指认一下。”

纪勇涛：“那他现在怎么办？”

李宇：“他这个身体状况，目前威胁不算大，平时怎样就怎样。毕竟就像两位同志说的，要真是大学生，我们肯定要优先照顾。”

纪勇涛努力回忆平时的相处，他也好、附近的邻居同事也好，都很难把那个嬉笑怒骂的许飞和杀人如麻的楚稼君视为一体。

他走进病房，楚稼君静静地躺在那儿，神色疲惫。他看见纪勇涛，眼睛才微微亮起来。

楚稼君：“他们刚才是来干什么的？”

纪勇涛：“有个犯人跑了，我们在找，他们来问问你，例行公事。”

楚稼君：“他们说得好像我就是那个犯人。”

纪勇涛：“不会的，要是的话早抓你了，还让你躺着？你就去牢里躺着了。”

楚稼君的眼眶微微红了起来：“他们会不会为了立功，拿我去顶罪？”

被那双眼睛盯着，人的心很难平静下去。纪勇涛叹了口气：“不会的。你乱七八糟的东西看多了，不会的。人家刚才问完就出来告诉我了，告状说你在学校里乱来，满脑子有毒思想。”

楚稼君的手不知因为虚弱还是恐惧，正在颤抖：“那，学校知道了？我读书的事……我家里会不会知道？”

楚稼君又语无伦次起来："还有，刘叔叔是不是没了……"

因为太过激动，他的呼吸困难了起来，伤口包扎的地方隐约现出了血色。纪勇涛按住他："没事的，和你都没关系，你脖子都差点断了，别动了，万一变成歪脖子……"

纪勇涛："都求他们不追究了，没事。"

楚稼君毫不犹豫："我妈什么时候来，告诉我妈了吗……我想我妈，别告诉我爸，他会抽死我的……我妈不会……"

纪勇涛："已经说了，她会来的。"

从逻辑上来说，真正的楚稼君绝对不敢见许飞的父母，甚至还会极力规避。

但他们知道，楚稼君也知道。眼下的局势就像在一片黑暗中摸索对方的手，不知道自己拉住的是人是鬼。

纪勇涛睡在病床边，因为楚稼君紧紧拉住他，不肯松开。

纪勇涛对他来说，就像个护身符，只要这个护身符还在身边，就不会有其他威胁靠近。

纪勇涛要去厕所，楚稼君也要一起去。纪勇涛："你疯啦？你脑子坏了？"

楚稼君："我怕。"

他怕纪勇涛一旦走出自己的视野，就会和别人一起密谋自己的真实身份，说不定会在某个角落拿回枪……

楚稼君："一起去撒尿。"

纪勇涛："你还不能起来，医生说还要观察脊椎是否受损。"

楚稼君："我不要用导尿管，我难受。咱们一起去，要不你打开窗往窗外……”

纪勇涛：“行了，打住。你到底怎么了？”

楚稼君扭着挣扎出被子：“万一你走了，外面的人把我抓走怎么办？”

纪勇涛：“不会的啊。”

楚稼君死死地拽着他，不松手：“你去和他们说，我不是。”

他把头紧紧地靠在纪勇涛的背上：“勇哥，你别让他们带我走，你救救我……”

五分钟后，拎着尿袋，楚稼君靠在男厕所的墙上。

纪勇涛的声音从里面传来：“好了。”

洗手台那边传来水声，他洗了手，然后就像刚才一样背楚稼君回去。

楚稼君的声音很疲惫：“我以为我会死。”

纪勇涛：“不会的，祸害遗千年。”

楚稼君的头埋在他肩上：“我死了你怎么办？”

纪勇涛的脚步顿了顿。片刻沉静，老医院走廊的白灯残光闪烁，映得人眉目模糊。

纪勇涛：“没怎么办，回去，一个人过。”

楚稼君：“我死了你更难过，还是刘纬德死了你更难过？”

纪勇涛：“我可以直接把你从窗口丢下去你信不信？会说人话吗？”

楚稼君不说话了，揉了揉脖子。

过了很久，楚稼君问：“我们是一家人吗？”

纪勇涛："得看你怎么算了。算是表亲，住在一起，但户口本不在一块儿。"

楚稼君："要是户口本也在一块儿呢？"

纪勇涛："哪天我去问问落户。"

楚稼君："什么落户？"

纪勇涛："大学生毕业落户啊，你……不知道？"

楚稼君："我想起来了！辅导员给过册子！"

就那么几秒钟，他后背浮起一层冷汗。然后，一只手从前面伸过来，揉了揉他的头。

纪勇涛："想落户？"

楚稼君点头。

纪勇涛："不走了？"

楚稼君点头。

纪勇涛："那，我去问问。"

纪勇涛的效率很高。第二天，楚稼君就坐着轮椅被他带出医院，去了一间民政的办公室。里面的主任是纪勇涛的朋友，两人各点了支烟，聊起了落户文件。

主任："可以啊，当然可以啊，大学生是重点栽培的，优秀人才啊，毕业后肯定能落户进来。"

主任翻了翻"许飞"的档案资料："没问题的，一点没问题。你户口落在谁那儿？你哥哥那儿？"

楚稼君还发着呆，没想到这事那么顺利。

纪勇涛点头："落我这儿。"

主任："都是老纪家的人啦？"

纪勇涛笑笑："都是老纪家的了。"

主任教他们怎么做，比如签几方协议、毕业让单位开什么证明……楚稼君呆呆地听着，但又努力记住里面每一个字，仿佛在三年后的六月，纪勇涛的户口本上，就可以多出一个"许飞"的名字。

那一夜，楚稼君没有睡觉。

纪勇涛睡着了，感觉身边有动静。

是楚稼君在拉扯他。

楚稼君："勇哥，我睡不着。"

"勇哥，以后怎么办呀？"

纪勇涛："睡觉。"

楚稼君："你当一辈子警察？"

纪勇涛："不然呢？不然管得住你？"

楚稼君："我们一起去其他地方做生意，好不好。"

纪勇涛很困了，叹了口气，把他揽在胳膊下面。

纪勇涛："你怎么总想这些？"

楚稼君："我们是一家人，一起过好日子。"

纪勇涛笑："我又不会做生意，到时候赔光老本，难不成把你卖了抵债？"

楚稼君用很轻的声音低语："又不是第一次被人卖了抵债。"

纪勇涛："什么？"

楚稼君："我想办法弄本钱，我们去外地吧？"

纪勇涛："去G市？S市？"

楚稼君沉默很久，说了两个字。

楚稼君：“——出国。”

纪勇涛笑了：“我妈还在老家呢。”

楚稼君：“那种家人，有和没有有差别吗？家人就是，会陪着你，会帮你，会住在一起，会给你饭吃。”

有那么一段时间，纪勇涛没有说话。忽然，他反问：“不出国，还有哪个地方？W 市？”

楚稼君：“H 市。”

纪勇涛觉得可笑：“H 市有什么啊？”

楚稼君的眼睛在黑夜里闪闪发亮，注视着他：“现在都是 G 市 S 市和 W 市，但有消息，H 市要起来了。”

纪勇涛一怔，笑了几声：“你发烧了吧？我叫医生来？”

楚稼君：“H 市会什么都有的，我们会什么都有的。”

纪勇涛：“我没那么多想要的，我可以什么都不要的。”

楚稼君：“那你要什么？”

纪勇涛：“要你乖，行不行？”

那双明亮的眼睛眨了眨，转开了，眼神有点开心。

纪勇涛：“等这次事情结束了，咱们坐火车去 H 市看看。”

楚稼君：“什么叫‘结束’？”

纪勇涛：“抓到那个人。”

楚稼君：“万一抓不到呢？万一他死在外面了呢？”

纪勇涛：“那就最糟了。我们宁可他逃，也不要他无声无息地死在外头。那就成了无头案，很多案子，都会变成无头案。”

楚稼君：“那些人，和你有关系吗？你认识他们吗？”

被子被轻轻地翻开，他把被子替楚稼君盖上。

纪勇涛："我不认识他们。但他们是人，我也是人。一个人，是不会希望其他人受苦的。"

楚稼君："他们和我没关系。我只在乎，你会不会陪我去 H 市。"

纪勇涛很久很久没有说话。

楚稼君几乎以为他已经睡着了，就在楚稼君也几乎要睡去时，他听见了从身边传来的声音。

纪勇涛："如果以后有一天不当警察了……"

"如果有那么一天，我们去 H 市。"

第三天，楚稼君出院了。伤还要养一段时间，但不需要待在医院里平躺了。

回了家他果然比从前乖了很多，不太出门，不太乱花钱。吃了饭就洗盘子，会给狗梳毛。

有天两人都在家，家门响了，拉开门，外面是两名居委、两名警察，中间站着一个中年妇女。

大家笑逐颜开地请"许飞"出来："来来来，许飞同学，你妈妈从老家来探望你了。"

楚稼君走向门口。他看着那和蔼的女人，纪勇涛坐窗台边，本来看报纸，此刻也抬头看门口。

他看着那女人，时间只有几秒钟，他应该像个好儿子，哭泣地抱住妈妈，说自己死里逃生的经过……

但是他没有。

楚稼君很困惑："我妈在哪儿？"

门外那几个人的神色僵住了。

楚稼君："这不是我妈，你们弄错了。"

楚稼君的神色显出警惕，声音也拔高了："什么意思？你们还在怀疑我！"

居委会的人匆匆安抚，其他人带着女人离开。过了一会儿，来了个人，为刚才的事儿道歉："不好意思啊，许飞同学，我们弄错了火车班次，接错人了……"

楚稼君能感到背后的纪勇涛气息从紧绷恢复成了松懈。

他知道自己赌过了这一关——这不是"许飞妈妈"，这是个拉来试探自己的演员。许飞的老家来 A 市至少需要五天，一个女人，在火车上过了那么多天，带着惶恐不安，气息绝对不可能那么平静。

纪勇涛的手刚才一直握着枪，藏在报纸后。在许飞给出正确答案后，他无声地把枪收了起来。

他从玄关柜子里搬出个蛇皮袋，里面是一颗包装精美的哈密瓜。纪勇涛："别理他们了，过来，哈密瓜。"

楚稼君睁大眼睛："我只在电视上看到过，这是真的哈密瓜？"

纪勇涛拍拍他的背："好不容易弄到的，去拿刀切瓜，给你这个病人买的。"

16

chapter

第十六章

许飞的母亲快到了，纪勇涛拿到了火车班次号，回去告诉了他。

许飞还挺开心的，帮着把家里收拾了起来，早上喝完牛奶都记得把玻璃瓶放回奶箱。纪勇涛陪他去买了点新衣服，至少得打扮得像个学生样。

楚稼君：“我不要穿这种白衬衫，像老头子，报社工作的那种。是不是还要再配个玳瑁花眼镜啊？”

纪勇涛：“你别动，把这支钢笔别口袋上试试？提醒我了，眼镜……”

楚稼君被摆弄半天，百货里的营业员都不耐烦了：“这小同志，头发得剪了才像样。”

纪勇涛：“回去我拿个推子给你推平了。”

楚稼君捂着头发，眼神寒嗖嗖的，看着一副要拼命的样子。

折腾到最后，那人总算满意了一些，看着镜子里的楚稼君，一个穿着白衬衫、黑布裤、白球鞋，戴玳瑁花眼镜、口袋里别着英雄笔……

纪勇涛看着这样的他，无声地松了口气。

纪勇涛："以后都这样穿。"

楚稼君："八十岁都这样穿？"

纪勇涛："至少毕业前这样。"

楚稼君："我妈以前就喜欢我打扮得摩登点。"

纪勇涛："你简直就是个打桩模子，放几年前，这副样子在街上走，都可能直接被当流氓拉走。"

楚稼君："那还不是在你家打桩打了那么久。"

两个人拎着两包衣服出了大楼。正是傍晚时分，火烧云燎开夏夜。下了班的人们汇成一片自行车海，涌过灰色的马路。

楚稼君把头仰到很后面。伤快好了，疤的地方痒得让人发疯，他对着夕阳，轻声唱着新的流行歌。马路边的影像出租店里，录像带密密麻麻地垒在架子上，看得人眼花缭乱。

进去逛了一圈，租了两套带子，楚稼君还租了几部老片子，说等妈妈来了给她看。

纪勇涛："大概就这两天了。你妈喜欢吃什么？我找几个馆子看看。"

楚稼君："喜欢吃蛏子啊，毛蚶啊。"

纪勇涛："那这边可能没有，我找找毛蚶吧，有家店的血蚶很肥，还有黄泥螺。"

老家的东西，纪勇涛也很久没吃了。

爱呀河小区边有个火车票销售点，经过时，他们都看着那个车票信息牌。

纪勇涛走向窗口，问了问去 H 市的班次。

楚稼君："真去啊？"

纪勇涛："去啊。等这次见完你妈，你妈放下心了，咱们就去逛一圈。"

他说完叹气："那地方到底有什么啊，灰扑扑的……我就知道一片江，还有什么？"

楚稼君也没去过 H 市。电视里的 H 市确实只有一片江，一堆老建筑。趴在江畔的扶手上往江东看，一片灰色荒芜，工厂烟囱的黑烟布满天空，废水汹涌，河还是条臭水浜。

他不知道为什么想去这个什么都没有的地方。其实他也不知道 H 市会怎么样，只是想骗纪勇涛和自己去一个新的地方，一个没有人认识他们的地方。

那人拿着两张车票回来了，出发日期是一周后的周六。

半夜的时候，楚稼君睡不着，抱着被子溜达到卧室，蹲纪勇涛床边："行军床睡得脖子疼。"

纪勇涛往旁边挪一挪，给他腾个地方。

夜色静静的，床头柜上放着两张有裂痕的 CD 盒子，都是流行唱片。楚稼君用指甲扣着那条裂痕，嘀咕道："我们要有个家啦。"

纪勇涛背对着他："嗯。"

楚稼君没动："勇哥，你枕头下面是不是放着枪？"

长久的死寂，只听得见外面树叶的婆娑声。

纪勇涛的枕头下面确实放着枪，他不用伸手摸就能猜到。

楚稼君翻过身趴在枕头上，读着 CD 盒子上的歌单："你怕我是楚稼君？"

纪勇涛开口问："你是吗？"

楚稼君："我是许飞。"

楚稼君从床头柜的抽屉里摸出烟和打火机，趴着抽了起来："我要是楚稼君，你早死了千八百回了。"

楚稼君："楚稼君为什么要放过你？"

旁边的纪勇涛不知想到了什么，忍不住笑了笑，肩膀动了。

纪勇涛："对，就是这点想不通。"

楚稼君："他都知道这里在抓他了，还不跑吗？还窝在你家里睡觉？他图你什么？图你每个月赚二百九？"

他不说话了，咬着烟，瞥着旁边男人的背影。

楚稼君："等我妈来了，我要告状。"

纪勇涛："你告。"

楚稼君："要三瓶可乐才会消气。"

纪勇涛："再让北方的朋友给你带肯德基好不好？"

楚稼君："要的。"

纪勇涛转过身，抢过他的烟，吸掉最后一口，长长叹了口气："这次的事过去之后，你想要什么都行。"

他勉强睡了个安心的觉。第二天早上起来，他抖掉床上的烟灰，洗衣服，去门外的牛奶箱拿牛奶。不远处，刘纬德的家门口还留着纸灰，门口用粉笔画着圈，圈里白纸焚烧的痕迹在不断飘散。

楚稼君在门口晃了会儿，大飞跟出来，舔他的手。他带狗下楼，沿着爱呀河的河岸一直走到车票销售点，最后确认了一下班次时间——那趟班号为 K503 次的列车，将在明天早上六点抵达 A 市。

而在抵达 A 市前，它会在 A 市邻近的县级车站，临停十分钟。

那次临停，预计将在凌晨三点。

许飞的妈妈，就在这趟列车上。

凌晨三点，K503 缓缓驶入县级车站的站台。

只有偶尔几个人上下车。

A 市，纪勇涛的家中，客厅行军床是空的。许飞说自己这两天住校，学校有考试。

稀疏的月色落在站台，有人跳上了车厢。这是个穿着黑衣的男人，提着一个长行李包。他的脚步很轻盈，无声地走过车厢过道。

大部分的乘客都在熟睡中，包括列车员，也在休息间小憩。

隔着玻璃窗，他看着休息室架子上挂的写字板，板子上有查票信息，记录着每个座位上的乘客姓名。

片刻后，他在表格上找到了自己想要的名字，走向她所在的车厢。

车厢隔间的门一扇扇被打开，在 5 号车厢的某个卧铺旁，男人停下脚步。一个瘦小的女人背对着他躺在上铺，睡得很熟，一动不动。

男人从口袋里掏出一卷钢琴线，双手拉开，琴弦绷紧时，发出细微的鸣音。

黑暗的车厢里，他被阴影笼罩。

火车距离发动还有五分钟。

仿佛是手术般的精密操作，他靠近妇人，连一点声息都没有惊起。宛如猫头鹰扑向鼠，肉眼几乎难以捕捉的快速干脆。

然后，他松开了。

被子滑落，人体翻向正面，只是一具假人。

几乎是同时，男人知道自己中计，同车厢所有熟睡的乘客瞬间都翻身而起，枪口从四面八方对准了他。他正背面的卧铺上，纪勇涛举枪瞄准他。

纪勇涛："袋子缓缓放在地上，转过身来，手举高。"

"你逃不掉的，楚稼君。"

那人手里的袋子落在地上，里面果然有金属碰擦的声音。

纪勇涛："转过来。"

已经有行动员向对讲器汇报："截住楚稼君了，等待指令。"

就在这时，男人转过了身。车厢里的灯被打开了，惨白的灯光照亮他的脸——

不是楚稼君。

虽然体型很像，戴着鸭舌帽。但不是他，年纪显然更大，脸上有一道可怖的刀疤。

纪勇涛意识到，自己布的局变成了那个人的套路——这个男人不是楚稼君，而是被买命的杀手。下一秒，男人从衣服的内袋里准备掏出什么东西，但还没来得及碰到，就被制服了。

整片车厢血红一片，玻璃被血色染成了红琉璃，透过红艳的车窗，纪勇涛看到对面的月台上有一个人影。

他静静地立在皎白的月光下，像孩子一样大而清澈的眼睛吸饱了月色，含着某种绝望而疯狂的无助，与笑意纠缠。

做噩梦刚醒的那种庆幸感，是很多人喜欢的。在提心吊胆的噩梦里挣扎，醒来时满身冷汗，却欣慰而笑。

但是这场噩梦，不会醒了。

一趟列车从铁路呼啸而过，遮住人影。火车开过，人影消失无踪。

楚稼君的身影晃过远处的黑夜，进了一辆轿车的驾驶座。在其他人反应过来前，纪勇涛也用最快的速度冲上外勤车，逆着火车铁轨飞驰，追逐那人的车。

城郊夜路，只有两辆车一前一后。纪勇涛一边踩死油门，一边探出车窗向前方开枪。枪击中了前车的后车灯，第二枪打中车轮。失去平衡的车在并不平坦的马路上颤了颤，速度慢了许多，被纪勇涛趁机追上。外勤车从一侧将它逼近山体，透过车窗，他已经能看见楚稼君的脸。

楚稼君的神色怪异，苍白的面目上，眼睛大大地睁着，近乎神经质地瞪视前方。在他的车被狠狠撞向山壁时，他仍然保持着这个表情。

两个人几乎同时下车，天还黑着，只有车灯诡异地照亮夜路。

纪勇涛举枪对准了楚稼君。道路的另一侧是火车铁轨，一列火车飞驰而过，隆隆声不断。

纪勇涛看清了对面楚稼君手里的是什么——被青年抱在手中的，是个孩子。很小很小的女孩子，比同龄人瘦弱，头发蔫蔫地贴着脸。

那是刘纬德的女儿刘晓梦。

刘晓梦应该在医院里，不知这个人用了什么手段，把孩子带了出来。

血气几乎冲塌了纪勇涛的理智，以至于他死死咬着牙关，不知道该骂什么话。楚稼君还是那副诡异的表情，没有笑意，唯有眼睛病态地睁大，直视他的双眼。

突然，这个人笑了出来。

没有词能准确地形容这种笑声，就像锯子刮过脊柱，又好像布满划痕的卡壳 CD——他歇斯底里地笑了起来，笑声尖厉得几乎不像人类能发出来的。

楚稼君："啊哈……啊哈……哈哈哈哈哈哈哈哈……哈哈哈……咯咯……哈哈哈哈……"

笑声耗尽了他肺里的氧气，他不得不喘息，吸气声也是同样的尖厉。

楚稼君说："你答应过我什么？"

他反反复复地问，问了几乎十几遍，他说着说着就哭了。

纪勇涛不敢再刺激他："你是楚稼君。"

楚稼君："你答应过我什么？你说啊！你答应过我什么！"

他又笑了起来。几乎非人的笑声和孩子尖厉的哭声混杂，回荡在深夜的公路上。

楚稼君："你说！"

纪勇涛：“你把梦梦放下来。”

楚稼君抱紧梦梦：“我不要，放了她，你肯定会对着我开枪。”

楚稼君轻声道：“勇哥，你把枪放下嘛，你放了枪，我就放了她。”

纪勇涛没动。

楚稼君：“我数到三哦？你不放开枪，我就动手。”

楚稼君：“三。”

纪勇涛不得不蹲下身，将枪放在地上。

纪勇涛：“她爸爸对你挺好的，你想想别人对你的好。”

楚稼君抱着梦梦，脸贴着小孩子的头顶，点点头：“我记得。”

纪勇涛：“我对你有哪里不好吗？你没必要这样做的。”

楚稼君：“你们对我都好，但你们对我好，因为我是许飞。”

他抬眼，眼眶泛红地看着对面：“如果我是楚稼君，你们一开始就不可能对我好。”

纪勇涛：“你犯了这么多事，你让别人怎么看你？但你把孩子放下，一切就好商量了。楚稼君，我们知道你情况特殊，你很小的时候……”

楚稼君：“你平时不是这么和我说话的。”

他的声音已经冷到了冰点，纪勇涛在记忆中也找不到用这语调说话的许飞。

楚稼君：“勇哥，我是没办法。”

纪勇涛：“对的，我们知道你是没办法。会从宽的。”

楚稼君吃吃笑了：“真的呀？会从宽？多宽？”

纪勇涛：“不杀你。”

楚稼君的眼睛亮闪闪的："真的呀？"

楚稼君："你当我三岁小孩哪？"

他的身体微微颤抖，把孩子抱得更紧，梦梦没有力气哭了，只能啜泣。

楚稼君："……勇哥，说真的，我是真的没办法。我没得选。"

纪勇涛也知道，这人根本不会上什么"从宽"的当："你第一次没得选，第二次呢？你养父死了之后，你明明有得选。"

楚稼君："我哪有得选！那时候不管是不是从犯都一样入罪，就算受胁迫作案也一样，你告诉我我怎么选？"

他喘息片刻，摇了摇头："我就想活，反正我要活。"

楚稼君将梦梦轻轻往下放，他抱着最后的希望，用哀求的眼神看向纪勇涛："勇哥，你真的不和我走吗？"

纪勇涛："你走不掉的。"

楚稼君："那好。是你逼我的。"

话音刚落，他突然把孩子丢向火车铁轨——远处响起隆隆声，火车将近。纪勇涛别无选择，只能冲向铁轨去救孩子。

在他将梦梦拽回怀里的瞬间，火车呼啸而过。纪勇涛松了口气，他转过身，准备回车子那儿。

但是，一双眼睛在他身后，凝视着他。

根本来不及反应，太阳穴就挨了一记重击，纪勇涛整个人被打翻在地。

楚稼君看着地上的男人。

他说："勇哥，做人还是得讲诚信的。我还是决定，把你一起带走。"

17

chapter

第十七章

外勤车沿着道路飞驰，东方破晓，天色微微苍白起来。

纪勇涛的手被绑在后座车窗上方的拉手上，头上的血染红了半边衬衫。楚稼君把油门踩到底，偶尔瞥一眼到后面："要不要去医院呀？"

楚稼君："咱们去医院好不好？先去包扎一下，然后找个地方吃饭。C 市有家老店的盖浇面特别好吃……勇哥？你还听得见吗？"

纪勇涛的左耳还没有恢复听力，应该和头部受创有关。前面的声音好像离得很远，带着微微的叹息声。

楚稼君："勇哥，你别觉得我天生就是这样，我很可怜的。我但凡有得选……"

他不停地絮叨："这世上有那么多坏人，我给你们介绍几个，好多呢，够你们抓一年的。这样划算呀，你抓我一个人又没什么用。”

“这世上有好多坏人呢，干吗盯着我一个人抓？我以后保证从良，金盆洗手，我写保证书好不好？你就当不知道我的事，回去和单位说抓错人了……”

伤口又剧烈地痛起来，纪勇涛低声怒道：“你犯事的时候怎么不怕？”

楚稼君：“我不是故意的，是有目的在的。”

楚稼君嘀咕：“而且，你们自己抓不到我。”

纪勇涛：“那为什么要继续这样活？”

楚稼君：“我又没读过书，除了这个什么都不会呀。”

纪勇涛忍无可忍：“你工地搬砖都不会吗？！”

下一秒，尖厉的刹车声响起，一个急刹，纪勇涛重重地向前面撞去。

车里陷入短暂的寂静。透过后视镜，他看见了楚稼君的眼神，被那种眼神笼罩的东西，仿佛下一秒就会被扫射成碎片。

楚稼君：“你以为我不会对你动手吗？”

紧接着，那双眼睛合上了，他弓起身子，深呼吸了好几次，然后摇了摇头，重新发动了车子。语气又恢复了正常，只是带着轻微的颤抖。

楚稼君：“勇哥，你别作死。你还有妈妈在老家呢。你要是出事，她怎么办？”

纪勇涛：“她有男人有孩子，没我什么事。”

楚稼君：“你这人怎么这样啊？没良心。”

“欸，勇哥，我这次可真的好多东西没带走，怎么办？嘿嘿嘿……待会儿车没油了，你有油卡吗？有带钱吗？

“借我点儿钱，以后还你。唉，以后有一段时候要靠着你那二百九过日子了。

“勇哥？勇哥？你别生我气嘛，我真的是没办法。欸，你想要什么？等我弄到钱了，我都给——”

话音未落，一双被铐住的手从后面套住他的脖子，死死拉近座椅靠枕。楚稼君挣扎着，车子失去平衡，在公路上乱飘。

刚才那一下急刹带来的拉扯让车窗拉手松脱了，被穿在里面的手铐也滑了出来。

他从纪勇涛手里挣扎出来，还没来得及稳住方向盘，头发就被揪住，那人扯住他的长发，狠狠地将他的脑袋往方向盘上撞。每一下撞击，车子都会发出可笑的喇叭声，楚稼君用尽全力将他推开，满脸是血。

但纪勇涛的目标不是他，在这样的情况下试图肉搏打赢对方是个豪赌，他的目标是副驾驶座的座位——外勤车的副驾座位下面放着备用枪支，只要拿到枪……

他的身体从后座扑向前座，被铐住的手伸向座椅下方。

楚稼君捂着头，在眩晕中撞向男人的肩膀。纪勇涛整个人都翻到了副驾，左肩挨了结实的一击，也就在这时，他的手摸索到了座椅下的枪。

他回身举枪对准楚稼君，只听见铿锵一声，枪口被楚稼君手中的刀撞偏，但下一秒楚稼君握刀的手也被踹中，匕首滑落到了离合器下面。

楚稼君一脚踹在他的腹部，车体剧烈晃动，纪勇涛被踹在副驾那侧的车门上，车门也因为这冲击力而打开。车身失去控制，借着惯性靠近山崖，纪勇涛半个身体都悬在车外，肩膀甚至被地面摩擦到。失控的车很快贴近山崖那一侧，他半身悬空，风从下方呼啸而起。

也就在这一瞬，他举枪，正式对准了楚稼君。

那人也找回了匕首，扑向纪勇涛。然而，枪口比刀尖到得更快。

近在咫尺的黑色枪口。

纪勇涛扣下扳机。

保持着那种怔怔的表情，楚稼君的眼睛微微睁大了。与此同时，两人都听见了那个改变命运轨迹的声音——

卡壳声。

这把老旧的枪，卡壳了。

楚稼君的双唇颤动了一下。他微微向后退了退，被血染成粉色的眼眸充满了难以置信。双唇的颤动愈演愈烈，它终于发出了声音——

是撕破黎明寂灭的野兽咆哮，是疯子的尖叫，是孩子的啼哭。

很多年、很多年后，这声尖厉漫长、撕心裂肺的号叫，还一直徘徊在他的每个噩梦里。

几乎不像是人类能发出的号叫，那张阴柔的脸目眦欲裂，气息血红，所有的绝望、失望、崩溃、无助一起涌向纪勇涛。

楚稼君号叫着扑向他，纪勇涛根本看不清眼前，只能感到腹部剧痛——这个人将他按在车内外的边界，捅了三下。其中有一下显然刺进了紧要地方，纪勇涛的呼吸当场就变了，空气飞速地从他的肺部流失，无法留在体内。

他不得不死死抓住楚稼君的手，让那把刀留在体内，避免它被拔出来。

楚稼君的眼睛充满血泪，像旋涡般、像榨汁机般，往昔所有留在体内的柔软与希望全部被打得粉碎——他放弃了刀，把它留在了纪勇涛的体内。

然后，这个人像断了线的木偶，无力地倒在他的身上，血发如赤练缠身。趴在他的身上，楚稼君号啕大哭。

他哭了很久，哭得精疲力竭。

“你知道了吗？

“知道我为什么不杀你，为什么要留在爱呀河吗？

“求求你，说你知道吧。”

他疲惫地撑起身，发梢滴着血，垂在男人的脸上。纪勇涛的呼吸越来越艰难，每次空气进出肺部，都像是经过一个破碎的风箱。

但他不能放弃。

纪勇涛把匕首从自己的腹部拔出，刺向了他——楚稼君抓住那刺向自己的刀刃，手指旋即被割伤。那人本就半身悬空，此刻，身体从车内滑出，沿着公路边的斜坡滚落下山崖，消失在下方黑色的密林之中。

纪勇涛听见他尖叫，看见他想伸手拉住自己。

但一切都太晚了。

因为黄金展的混乱情况，在 A 市的珠宝展被取消了。但相比楚稼君的新闻，展会取消的消息在这座城市无声无息地被淹没了。

爱呀河小区出了名，大飞被邻居暂时接去照顾了，大概因为想主人，瘦了很多。

纪勇涛回了趟老家。

他被联防队的巡逻员发现倒在树林里，送去医院，捡回了一条命。回去后经历了持续一个月的停职调查，家中所有和楚稼君有关的东西都被带走了。

在这之后，他回了一趟家。

母子很多年没见过面，家里也知道了许飞的事。只有每天吃饭时，母亲和其他家人会和他坐在一张桌上，继父会带着碗坐到电视机前，边看电视边吃。母亲的另一个孩子似乎想和他讲话，但每次开口，父母很快就会把他弄去其他地方。

纪勇涛经过了许飞的家，他只在很多年前来过这里一趟，记忆中早已找不到那些关于家人的印象。

他在老家只待了三天，然后提前买了票，吃完午饭就回了A市。母亲送他到家门口，问了他几句冷暖，两人就分开了。

李宇找他吃饭，说了下周回岗位的事。现在查下来，确实是没有同伙嫌疑，只能说是严重失察。但看在他也在追击歹徒的时候舍生忘死，组织的意见是从轻处理，戴罪立功。

纪勇涛："他是不是又犯事了？"

李宇："他应该是往Z省那边跑了。"

纪勇涛："他想去H市的。"

李宇："他给你来信了，你知道吗？"

纪勇涛以为自己听错了。

他停职期间，楚稼君沿途寄了好几封信回A市，内容在其他人看来很可笑，就是劝纪勇涛“念念旧”，丢下工作跟他跑。

纪勇涛：“我和他接触下来……”

李宇：“你们那个情况已经不是‘接触’了。”

纪勇涛：“我和他住一起的这段时间，就有个感觉——他和这个世界没关系。”

纪勇涛：“起初以为大学生一门心思读书所以读得和社会脱节了，后来想想，他根本不觉得自己是这个社会的一员。他没这概念，没钱了不去打工，不爽了也不会沟通。”

李宇：“但他在这儿留了那么久。”

纪勇涛：“因为他想变成其中一员。他不是那种被社会排挤出去的人，他是很小的时候被硬性力量剥离出去的人……其实要是……”

他说到这儿，没有再说。

食堂里，两人对坐着，沉默了一会儿。李宇点了支烟，烟雾缭绕，他说了句“太晚了”。

回岗前，上面还派了个科研任务下来。好像是省厅引进了一个高级人才，留洋回来的，学的是一门叫“心理学”的课，要让纪勇涛配合。

单位里有传言，说这个科目就是研究精神病的，学成了还会读心……反正没怎么听说谁家孩子学过这个，神神秘秘的。

来的是两个人，一个中年男人，带着个年轻学生。纪勇涛被叫去他们的办公室，男人推了推厚重的眼镜，把他的名字、年龄、生日、职位之类的基本信息，反复确认了好几遍。

纪勇涛不解："为什么资料上有的东西还要确认啊？"

男人："因为要知道你觉得你是谁。"

纪勇涛："啊？"

男人："就是，纪勇涛，这是你父母，是外在世界加给你的身份。但排除这些，你希望你是谁？"

纪勇涛："纪勇涛啊，不然呢？"

男人："你不要对我们有什么敌意……"

纪勇涛："不是，同志，你什么意思？我还能不是我？"

男人："如果没有这个身份，你想成为谁？"

纪勇涛笑了几声："有钱人。"

男人点头，在笔记本上记了下来。

纪勇涛："等等。还能改吗？"

男人："能。"

纪勇涛："……许飞的哥哥。"

男人："哪个许飞？"

纪勇涛："大学生许飞。"

男人："不是楚稼君？"

纪勇涛："谁家祖坟喷火能养那玩意儿？"

男人："好，那你的弟弟许飞，他是个大学生，他长什么样？"

纪勇涛："他……"

纪勇涛发现，他脑海中的许飞，长了张楚稼君的脸。

他躺在椅子上，呆呆地看着天花板。男人问："他如果不是楚稼君，就只是许飞，你愿意不要‘纪勇涛’这个身份，要‘许飞的哥哥’这个身份？”

纪勇涛点头。

男人：“这个身份能给你什么？是人生价值？利益？还是……”

纪勇涛：“没什么，就家里多个人。”

男人：“你家原本几个人？”

纪勇涛：“我一个。”

男人：“那这个身份给你的东西，不叫‘家里多个人’，叫‘家’。”

纪勇涛用手掌盖住脸，低声地笑了。

男人：“他想要什么身份？是楚稼君，还是许飞？”

纪勇涛：“他赖着不走，肯定喜欢许飞这个身份。”

男人：“那他要的也和你一样。”

纪勇涛不说话，长长叹了口气。他叹气时，呼气声带着细微的杂音。楚稼君捅他的那三下，最后一下刺进左肺叶，以后可能伴有很多后遗症。

他回了办公室，桌上蒙了一层薄薄的灰，连带那个相框也变得灰暗。纪勇涛把它拿起来，吹掉上面的灰，就这样看了很久。有同事经过，拍了拍他的肩：“别多想，这种事谁能料到啊，没一个人看出来，不是你一个人的事儿。”

纪勇涛把相框丢进包里：“我要走了。”

同事：“啊？你不干啦？”

纪勇涛：“我带几个人去 H 市，他肯定会去那儿。”

他本来把狗接回家了，但因为出差，又要把它送去邻居家寄养。好像是不愿意被送走，大飞拼命地跟着纪勇涛，不肯进别人的屋，怎么拽项圈都不进，抱进去也马上冲出来。

纪勇涛蹲在那儿，愁得没办法。最后为了任务，开了特例，局里让他把狗一起带去了。

18
chapter

第十八章

在沿海地区流亡了一阵后，楚稼君进入了 H 市。刚好是第二年的一月，整座城市都弥漫着新年的气息。

这一路上，他给纪勇涛去过信，甚至给他单位去过电话——因为纪勇涛家里的电话没人接。那人几乎不回家，没发现家庭座机早就欠费了。

一开始，对面的人采取怀柔态度，试图劝他自首。电话打多了，对面也烦了，留下一句“你要么就说你在哪儿，别有的没的就打电话过来”后，就把电话挂了。楚稼君就是想问问那人是不是还活着，怕自己下手重了。

在火车站对面的咖啡店里，有两个人坐在他对面，都戴着墨镜和帽子。他们好不容易约上楚稼君，打算三人组个队。H 市今天下着雨，雨水在蒙灰的外玻璃上落下一道道明亮的痕迹。

有个小道消息，据说在 A 市黄掉的 R 国珠宝展，会改在 H 市举行。

对面的人在和他说话，但他就只看着手里的号码本，翻看着里面的一个个号码。那些和纪勇涛有关的号码他都打过，却没有得到任何答复。

他后来甚至打去过纪勇涛的老家——接电话的是纪勇涛的母亲，楚稼君还挺开心的："大姨好！"

母亲还没反应过来："你是……"

楚稼君："我是许飞啊，是他表弟，那你就是我大姨——"

下一秒，伴随着女人惊惧的抽气声，电话被挂断了。

楚稼君回过神，合上手里的本子——那两个人在喊他。他们是一对叔侄，原来在 Y 市那一带活动，最近决定在 H 市做一票大的，然后就开始收手做生意。

楚稼君从前不是很喜欢这种"上岸人"，钱弄够了就改名换姓过日子。他没办法理解他们为什么会向往普通人那种日子，去单位工作，挨经理的骂，受气……在他的世界观里，只要有本事，就可以为所欲为。

但最近，他渐渐地有些转变了，他有了想要的东西——许飞的生活。

楚稼君毫不在意这生活是从别人手里抢来的，反正都抢到手了，只要还能见面，他应该可以软磨硬泡，说通纪勇涛，把这种生活继续下去。

楚稼君开口问："我要组人我自己就能组，为什么要加进你们俩里头？

“三七分，你们俩分那个三，我不还价。”

成究：“现在查得越来越严，尤其是你在A市那边那么闹，那边的人都快混不下去了！”

楚稼君：“他们关我什么事。”

成究：“你一路往东南跑，沿途查得就更严。有个调查组，我听说就是从A市出发，专门来查你的。就这两天，就会到H市了。”

楚稼君打了个哈欠，没答话。

成究的侄子一直坐在旁边，话很少，眼神也有点呆滞，一直在旁边吃盒饭，吃得衣服上都是饭粒，好像智商有点问题。这人体型极大，宽胖得像一堵墙。比起楚稼君，这人显眼得吓人，反而把其他人衬得平平无奇。

楚稼君不多纠结：“这个分成，不答应的话就不用商量了，我走了……”

他起身离桌，但就在站起的瞬间，一股巨大的力量抓住他的腰，将他整个人都举了起来。这股大到不可思议的力量来自这个胖子，楚稼君身在半空，根本挣扎不开。

咖啡店里顿时起了一阵惊惶，服务员还以为是客人吵架，想过来劝。紧接着，伴随一声惨叫，胖子丢下了楚稼君，捂着小臂哀号。

人群也纷纷往外跑。

楚稼君混在人群里跑向门口，打算尽快销声匿迹。火车站人来人往，有不少人注意到咖啡馆里的混乱，驻足观望。

他本打算跑，随意往出口看了一眼，紧接着，他停下了脚步，呆呆地看着火车站的出口。

他看到了纪勇涛。

起初，楚稼君以为自己看错了。纪勇涛是跟队友一起出来的，正在和本地接应的人说话。而且，他身边还跟着一条狗。

他还想再看一会儿，突然，狗的视线转向了这边。大概是闻到了熟悉的味道，大飞一下子兴奋起来，拼命地往这儿挣扎，纪勇涛担心它跟着人群走丢，用力拉紧了牵引绳。

到了 H 市之后，他们面临的最大的难题是语言问题。

普通话的普及在这一年还没有达到阶段性成效，同语系也许还好，像纪勇涛和楚稼君这样从小跟人四处跑，各地方言都能听能说。

可 H 市的方言他们完全听不懂，语速快，叠词多，莫名的多音字几乎每句都有，除了句末的语气词，几个人折腾了半天，什么规律都没听出来。

对面的咖啡馆似乎有人在斗殴，他好奇地往那儿看了眼。大飞又开始兴奋了，对着某个方向叫个不停。

同事说："勇哥，好不容易说通了，我们先去招待所放东西，吃个便饭就开会。"

纪勇涛："地址给我，我先去遛个狗。"

同事："你知道怎么去招待所吗？"

纪勇涛："跟地图啊。"

同事："那个……那个，小焦啊，火车站，就是，这个地方，离招待所，睡觉的地方，多远？"

同事：“啊？在红……红镇？勇哥他说在红镇。”

纪勇涛想，从火车站走去红镇，能有多远啊，就遛狗去了。

和A市比起来，H市的色彩更灰些，倒是路口有几家夜总会，其他地方没什么灯光。马路边，几个老头笑话江边那个新挖的“大坑”。

好像H市最近准备在江边造个很奇怪的建筑物，被人说像个缺了球的糖葫芦。他看了眼街边的工程宣传图，真的挺像的。

天晚了，路边没什么人，等过了八点，人最多的就是歌舞厅、录像厅和夜总会。沿海一带最近有个叫“卡拉OK”的时髦玩意儿，单位里的年轻人想下次去联谊。

他牵着大飞转了一圈，买了点东西和水给它。难得来一次，本来想去四处看看的，楚稼君原来想过去淮江路和南海路，想去逛第一食品百货。

离商业街越远，灯光就越稀疏。他借着一处路灯看地图，看清自己和目的地的距离时，纪勇涛不禁骂了一堆脏话。

出租车很少，而且贵。出外勤时，出差津贴都交给一个同事来保管了，他身上就十几块钱。纪勇涛和狗坐在路边，纠结怎么找到夜间公交线路。

突然，一只手从旁边伸了过来，递过来三张百元大钞。

纪勇涛怔住了，转头看那人。昏暗的路灯下，楚稼君带着一脸期待的微笑，大飞高兴地扑到他背上，拼命舔他的脸。

楚稼君：“打车吧，晚上公交很少的。”

纪勇涛想动手，但那人另一只手中的东西对准了他。

楚稼君：“我的可不会卡壳。”

他死死顶着纪勇涛，逼迫男人站起来，隔着路灯灯柱，都只能看见对方的半张脸。

楚稼君：“我知道你们出差有每日津贴，很少的，这点钱不多，你拿去。我现在比较困难……”

纪勇涛根本不等他说完，试图从侧面擒拿住他的手。两个人的身影灵活地绕着灯柱对峙，楚稼君勉强躲开了。

楚稼君：“我以后会给你更多的，你稍微讲点道理好不好？”

纪勇涛：“你敢打电话去我家？！”

楚稼君：“别忘了我要落户在你家的，我怎么就不能打电话过去了？”

纪勇涛：“你算算你犯了多少事？！”

楚稼君：“我又不认识他们，我算他们干什么？”

他转头跑向晦暗的弄堂，但大飞跟得很紧，纪勇涛就跟着大飞，再次在弄堂里把他追上了。楚稼君被他从后面踢在墙上，右手想还手，被纪勇涛打开了，左手想动手掏口袋，也被算准了，直接被扭住了手腕。

纪勇涛想用刀刺他，他只能靠着墙，死死抓住男人的手腕：“你住在哪儿？你们招待所……等你气消掉一点我去找——啊！”

纪勇涛狠狠用额头撞他的额头，楚稼君的后脑勺重重地磕在砖墙上，脑子里“嗡嗡”地响。

楚稼君劝说道：“别再打了，谁也打不赢谁的。别再……”

纪勇涛又是一下。

他也发狠了，抬脚踹在那人的旧伤口上，把人逼退了。但愤怒的男人转眼就再次扑了过去，扭住了他的左臂。

楚稼君被他压在地上，但右手用东西抵住了纪勇涛的腹部。

楚稼君：“……你看，谁也打不赢谁的。”

纪勇涛：“你为什么不动手？”

楚稼君嗤笑一声：“我想要你跟我走，这很难理解吗？要钱就说个数，要东西就我买，你到底要怎样才肯跟我走啊，我都快疯了！怎么就听不懂人话，这么难沟通呢？”

纪勇涛：“因为这个世界不是这样的。”

楚稼君：“那你们倒是告诉我，它是什么样啊！”

纪勇涛深深地叹了一口气：“它不是这样的。”

纪勇涛：“我们已经来不及从头到尾告诉你它是什么样的。但只能告诉你，它不是你想的那样。它是由很多很多人、很多很多个家组成的，不是由你和你之外的人。”

楚稼君：“除了我就是我之外的人，凭什么它就不能是这样的？”

纪勇涛：“你可以这样想，但是你把很多人的家毁掉了。”

楚稼君：“他们的家关我什么事？我只管我们的！你说，我和你的家怎么办？我要花多少钱才能保住它？”

楚稼君微微颤抖，他回过头，看见纪勇涛在阴影里的双眼，那双眼里，愤怒很早就偃旗息鼓，留下的是无尽的无奈与难过。

纪勇涛：“我们不会有家了。”

话音落，楚稼君尚未反应过来，他的眼睛大大地睁着，整个人似乎都失去了抵抗的力量。

纪勇涛：“不会再有了，永远不会再有了……我最后带你一路，跟我走吧，最后这一路，我会一直陪着你的。”

他的手慢慢地、温柔地将楚稼君那只绝望的手无声地握住。楚稼君的眼里怔怔地落着眼泪，他仿佛突然经历了一场葬礼，那个名为家的东西，已经被掩埋于六尺之下。

纪勇涛将他疲软的身体从地上拖起来，像拖动一个棉布娃娃。

突然，大飞狂吠起来，一个巨大的身影出现在纪勇涛的身后，制住他，将楚稼君拽起来。这股恐怖的蛮力有着压倒性的优势，纪勇涛被那个壮汉揪着，看见旁边有个男人窜过来，拉起楚稼君说“快走”。

楚稼君浑浑噩噩，踉跄着走了，身影消失在黑夜中。

纪勇涛挣扎时，似乎撞到了壮汉手臂上的伤，那人虽然强壮，却完全不吃痛，一碰伤口就撒了手，捂着手臂跑了。

他落在地上，H 市的夜里，只有弄堂深处的猫叫声，楚稼君不知所踪。

楚稼君跑了很远，他一边跑，一边擦掉阻碍视野的眼泪。不知像行尸走肉一样跑了多久，他感觉到了一阵江风扑面而来。

江边，汹涌的夜风和轮渡的鸣响回荡在大道上空。他走到江边，靠着扶栏，望向江对岸那个奇怪的工地。那地方准备造一根糖葫芦，地基已经挖开了，像个无底的天坑。

忽然，他听见旁边有响动。

闪烁不定的路灯下，狗吐着舌头哈着气，蹲在边上期待地看着他。

它一路追着他的味道过来，跑得精疲力竭。但这种动物又是那么简单，哪怕累到趴在地上，看见楚稼君走向自己，还是吐着舌头欢快地摇着尾巴。

楚稼君跪在地上，环着大飞的脖子抱着它。狗的身子很温暖，在微冷的江畔成为他唯一的依偎。

楚稼君的声音带着无尽的叹息："大飞啊，我们都没有家啦。"

他抱着它，落了许多眼泪。他起身走了，大飞摇摇晃晃地跟上。

他走在前面，又沿着江，走了很远，它一直跟着。楚稼君越来越不忍心，他回头赶它："你别跟着我啦，我养不活你的。"

狗和人能一起过，狗和狗、人和人，都能一起过。

他想，要是没有不小心把人皮弄丢就好了。

他走回狗的面前，坐在地上，长发被江风吹乱。狗满足地伏在他的膝头，被轻轻地抚摸着。

他落了很多眼泪，他从死去到活着，似乎从没有像这几次一样落过这么多的泪。

楚稼君紧紧抱着它，让它安心地枕着自己的臂弯。

江风呼啸，一阵轮渡鸣笛，江水淹没枪响。

19

chapter

第十九章

成究的老家以木雕佛像出名，但他们村子的地理位置不好，能种的东西少，年轻人也越来越少，后来有人去公路边拦货车，拉上他一起。这样的事情干得多了，风声也紧了起来，他就带着侄子跑了，在北方干过一段时间的工，又受不了打伤工头跑了……

他说个不停，楚稼君坐在角落，靠着地下室的墙抽烟，一个字都没听进去。

成究说了半天，透过烟雾，看见楚稼君的眼睛红着，好像还在哭。他弄不明白这人是怎么了——这条道上的人都听说过“脸谱”的头头，年纪小，下手狠，做事疯，他们以为只要搭上楚稼君，就可以在一座城市扎下根来。

成究：“我让我侄子救你，不是为了看你哭啊。你说说，要是那个展真的在H市办起来了，你要多少人能成行？我看得七八个……还都得是老手。H 市这边的路不是按东南西北画方块的，如果外地赶来‘干活’，石库门里头迷路都能迷死。弄个愣头青过来，压根不知道怎么办。”

“你肯定还有藏装备的地方，对不对？我让外面的兄弟去找，干大事得要装备的……小楚哥啊，你到底听没在听啊？”

楚稼君垂着手，呆滞地看着地下室的天花板错综复杂的管道，忽然哼起了歌。

这个人在房间中间晃来晃去，疯疯癫癫的，突然又跳到成究面前，厉声问：“你要装备干吗？”

成究：“干……干活儿啊。”

楚稼君把脸凑到他眼前，好奇地打量着这个干瘦的丑陋男人：“哦……那要是带不进去呢？现在都有搜身了，有没有装备都一样的。你那个侄子，都不用进展子，在外面就能被人认出来。”

成究：“我们在 H 市没犯过事。他们不认得……”

楚稼君：“明天开始，你侄子就会被这边通缉了，你知道那男的是谁吗？”

成究虽然体质不怎样，但脑子转得很快。他起初以为昨晚那个男人只是楚稼君的仇人，现在回想起来，那人很可能是警察。

他骂了一声：“都是为了你！”

楚稼君却没回答，他垂下眼笑了：“对的对的，都是为了我呀。”

楚稼君：“我也想这次完了就收手，所以这次要手稳。”

他的眼睛熠熠生辉，里面有宝石碎屑卷起的风暴旋涡，他要那些珠宝钻石，他急需它们，这些可以被他紧紧抓在手里的东西。

楚稼君在路上看见了展会宣传，展出地点在南海西路，安保将会很严密，动静只能小不能大。

纪勇涛本来带人在昨天的巷子里调查，突然有人喊他，说在草丛里发现了东西。

那是一张报纸，上面登着珠宝展的消息，报纸上还放了张入场券。

这是楚稼君的留言。

这次的珠宝展，安保做得很严密，内外几乎滴水不漏，墨镜和口罩必须脱掉，查验身份证明以及搜身，像楚稼君或者那天晚上的胖子，几乎没有混进去的可能性。

已经确定楚稼君就在这座城市了，很大概率还有两个同伙。跟随纪勇涛来的所有人都不约而同地想起了那架冲入展会落地窗的吊臂车，胃里一阵绞痛。

H 市的工地也很多，比 A 市还多，中心区域几乎每个地方都有开工的地方。

在一到三年后，这里也许会遍布“建筑物”，他们只能预想到这一步，就像那些预想不到五年后私家车数量的老小区。

如果有人告诉他们，这些建筑物比他们预想中要高五到六倍，很多城市的天际线高度都会这样拔高，每条路上都会有天眼。对普通人来说，“枪”变成了一个仅存于影视剧里的道具，连那种传统绿皮火车都只在电视里看过，金银首饰坦然地戴在身上、不用缝在贴身衣物里……

人们尚想不到这么平静而美好的未来。

未来不存在每个月的工资才二百九，为了一袋特殊奶粉走投无路，过年才能吃一顿肯德基。

很多年后，纪勇涛去医院领高血压的药，顺口问了一句从前某个同事女儿的病。年轻的医生困惑地抬了抬眼镜，告诉他那种病现在吃两周的药就能治愈，全医保。科室的桌上摆着一个炸鸡全家桶，小护士和女医生为了身材根本不想吃那个。

在展会开始的前一周，楚稼君在一家电影院里包了场。所有的位子上都坐满了人，他站在屏幕前，在关上灯的影院，只有屏幕前留了灯，把他笼罩在一片金色的光芒里。

这是一场豪赌。

就像宝石一样易碎的布局，却泛着白骨生花般的邪光。

附近的工地已经做了检查，展区四周控制了车道。因为有学校在附近，靠近学校区域的安保做得格外严密。

展览每日有人数限制，一共办周五、周六、周日三天。

楚稼君在第一天，也就是周五的上午进了展馆，基本在开展的第一批人流里。

他戴着眼镜，在上下嘴唇后面塞了棉花，改变嘴型，头发盘在假发包里。即使脱掉了外面的鸭舌帽，检票的人只看过他的照片，也没有认出他。

在还没有多少人的展馆里，展柜旁边没有保安，所有的保安都在二楼观察一楼展区，按照平均人员来算，比那次黄金展的还要密集。这些保安都配了枪，别在腰上。

两辆旅游车在馆外停下，胸口贴着“N 市探亲团”贴纸的旅行团也在导游的带领下进入了展馆。展馆顿时拥挤了起来，将近百来人的入场，让不算太大的展馆一下子拥挤了起来。

他靠在一个玻璃柜边，看着下面闪闪发亮的祖母绿项链。旁边的介绍板上标着估价，光是这一条项链，就价值大约十五万。

十五万大概是一个小公文包的体积，等价的黄金大概是半块砖左右，很沉重。

但如果是宝石，装在口袋里就能带走，装进信封里就可以邮寄。

他伏在那儿，出神地看着。

宝石的光辉落在他眼里，清澈又明亮。

突然，一只手掀开了他的鸭舌帽和下面的假发，盘在里面的长发披落下来。

楚稼君听见那人的声音在自己身边响起。

“喜欢的东西，要自己挣钱去买。”

楚稼君愣了一会儿，并没有跑，而是用两根手指模拟走路的样子，在玻璃上“走”向纪勇涛。

楚稼君：“我也在努力挣钱啊。”

他期盼地看他：“我什么都没带，我就是来逛展子的。勇哥，我听你的，收手不干了，打算去 G 省打工了，你就当为我好，当作我什么都没干过吧。”

楚稼君的手指“走”到纪勇涛的手肘边，食指尖轻轻戳了戳他：“好不好？”

纪勇涛也看着那串项链，没有说话。

楚稼君："好不好？"

纪勇涛叹了口气："好你个头啊！哪有地方是男厕所也排队女厕所不排队的。"

楚稼君没反应过来。

厕所在展区的东侧，是个T字结构，但男厕所那边的队伍延伸出了门口。

纪勇涛说："你要是真在大学找了个女朋友，陪她逛过百货，就不至于犯这个错——等女同志上厕所要多久你知道吗？永远都是女厕所在排队。"

楚稼君的眼神沉了下去，连里面的宝石光芒也变得森寒起来："那又怎么样？这里有几百个人，你怎么确定哪些人是我的？"

纪勇涛："至少一百多个人吧，我没估算错的话——你找黄牛大量收票，让自己人用旅游团的名头群体进入，到时候对普通客人动手，带客人和宝石上旅游大巴——如果其他的公交或者货车停在展馆外，肯定会被盘查，但旅游团的车可以一直停在那儿，没人起疑心。"

纪勇涛："刀片都藏在鞋跟里，避过搜身，在厕所拔出来。这就是为什么男厕所排队能排成这样。"

楚稼君："那又怎么样。我说了，你怎么确定哪些人是我的人？"

从厕所出来后，每个人都把旅游团的贴纸给丢了，看起来都是普通人。

纪勇涛："我猜大致是这样，这些人先在展馆里找好自己待会儿要劫持的目标，然后去厕所拔出刀片，丢掉贴纸，回到展馆找刚才的目标。就算偶尔有错漏也没关系，只要大部分人质都是普通游客就可以。”

“所以你觉得我们只能用普通的办法区分人质和劫匪？”

他把手伸向楚稼君。

同时，展馆内的广播响了——

火灾警报，通知客人离开展馆。

立刻就慌乱地走向出口的全是普通人，而站在原地，面面相觑的，全都是楚稼君的人。二楼的保安已经拔枪对准了一楼的那些人，楚稼君依旧趴在柜台上，不舍地盯着那条祖母绿宝石项链。

纪勇涛：“自己把手给我。我带你出去。到此为止了，没什么好玩的了。”

楚稼君转头，睁大眼睛，笑着看他。

他说：“勇哥，我很喜欢学校的。”

他半张身子都趴在了柜台上，松了口气：“从变成许飞后，我就开始留心起了一件事。比如学生会坐哪路车上学，什么时候会春游秋游，什么时候会举办校外活动。”

“比如去公园里种树，去校外实践——快过年了，谁也没心思读书，学校好像经常这时候组织看电影吧？昨天淮江路的电影院门口就有学校的巴士，这种都是分年级、分批去的，我猜，今天还会有学生去。”

在淮江路某家历史悠久的电影院门口，一辆载着学生的巴士正缓缓停靠在路边，准备把师生放下。

突然，两个人拦住巴士，挥动手臂，其中一人指指右车胎，意思是压到了什么。

司机打开了车门。

楚稼君看着纪勇涛的手收了回去，一把抓住了那只手，但立刻就被男人甩开了。

楚稼君："生什么气啊，勇哥，又不是第一次了。把手给我好不好？勇哥……"

他温柔地将手放在柜台上，手指勾了勾。

楚稼君看着纪勇涛的双眼："我能做到哪一步，你不是心知肚明吗？你不是最了解我的吗？"

他腰上的大哥大来电了。

楚稼君把电话摆在柜台上，杂音严重的通信里，另一头传来孩子们的哭叫声。

楚稼君："说不定是录音呢？说不定呢。但如果我没有顺利出来，你知道那车里的人会怎么样。"

纪勇涛："我没见到，我们不会为了一群还没见到的人质谈判。"

楚稼君："消息很快就会过来了。"

纪勇涛腰上的对讲机响了，但是男人按掉了它。

楚稼君："你听吧，没事儿。我太了解你们了，你们不敢让孩子冒险的。勇哥，一个人都不用受伤，我的诉求很简单——我们带着珠宝走，不许人跟着，等出了城，就把那车孩子放了。"

纪勇涛："那么多人，每个人能分多少算过吗？"

楚稼君笑了笑，没说话。纪勇涛明白了他的意思。

纪勇涛："你根本不打算跟他们分赃。"

楚稼君点头，眼神无辜：“我最后一把了，管什么江湖名声呢。”

纪勇涛：“你要这里所有的珠宝？你一个人搬？”

楚稼君摇头：“我带不走的。我就要这一条绿宝石的项链，再带个你。”

楚稼君的手还放在柜台上，乞求的语气：“你跟我走好不好？你如果还把我当弟弟，就把手给我。”

纪勇涛看着那只手，突然举起拳头重重打了下去——那只手仍然放在那儿，一动不动。而玻璃柜台碎了，纪勇涛满手的血，他用拳头打碎了柜台，掏出那条血淋淋的祖母绿宝石项链，丢到楚稼君脸上。

纪勇涛：“我跟你走，你如果还把我当哥哥，就说话算话，出了城，把人放了。”

那双眼睛熠熠生辉，写满雀跃。然后，他捡起地上那个被同伙随手丢弃的导游喇叭，摆在大哥大前面。

电流鸣声过后，巴士里孩子的哭声响彻展馆。

楚稼君：“楼上的，把枪都放下，丢下来。其他人去拿首饰，都丢到那个袋子里。”

纪勇涛：“……我对你没什么好说的。”

楚稼君：“哎呀，别这样，有钱万事好说。”

纪勇涛：“……我手疼，我把水杯放在那边的柱子下面了，你陪我过去，我要冲一下手上的血。”

楚稼君不疑有他，跟着他往展馆内的装饰柱那儿走。走出几步，突然，伴随着玻璃破碎的声音，一颗子弹从斜上方飞来，堪堪擦着他的眉角划过去——

他愕然，旋即意识到，是狙击手。

20 chapter

第二十章

几乎是一瞬间的直觉，他感受到杀意的逼近。

仿佛是野兽闻到天敌的气息，人毫不犹豫地意识到了威胁的方向，逃向柱子后面。他平时很少接触狙击手，但凭直觉找到了一个死角躲了进去，就像受了惊的猫一样，不可能再被引诱出来。

楚稼君打开大哥大：“你真以为我不敢动手？！”

一辆满载学生的巴士在淮江路被劫持，车正在开往国道，车上的人直接将纸张抛出窗外来交涉条件，要求释放珠宝展的劫匪，不许人跟着。

这群人身上都背着案子，普通的谈判难以将人说服。他们很清楚，被抓了就是死，只有去搏一把才可能有胜算。

那颗子弹激怒了楚稼君，被纪勇涛欺骗这件事是他愤怒的来源。察觉到这人的情绪开始失控，纪勇涛张开双手，做出没有威胁的姿势："详细条件，我们可以单独谈……"

楚稼君："得先让你们知道我不是开玩笑的！"

纪勇涛："没必要的，这些孩子和你没仇，对不对？你生的是我的气，不要拿其他人撒火。你过来……"

楚稼君："你管我？我不会过去的！你过来！跪下趴在地上，爬过来！"

纪勇涛："我们单独谈。"

楚稼君的声音变得声嘶力竭的尖厉："我数到三，你过来！我不会过去的！"

按照楚稼君的要求，纪勇涛缓缓蹲下身，放柔了语气："你看，我什么都不对你做，身上什么都没带……"

楚稼君翻起旧账："你用车上的枪对我开枪！"

纪勇涛："我什么都不带。但如果你想我跟你跑，最后你肯定要把他们安全放掉的。"

楚稼君："我不会再信你了。"

纪勇涛的对讲机还在响，但他一直没接。他慢慢地将机器放在地上，滑向远处。

楚稼君："你就是为了救他们，你根本不是想跟我走。"

纪勇涛："我要先确保他们没事，然后才能安心和你走，对不对？"

"对不对呀？"

他追问了一遍，对面的人才微微点头。

纪勇涛："那你听话，你告诉公交车上的人，让他们不要乱来。"

楚稼君拿起大哥大，几乎要开口，又冷冷地将它放下：“你就是在乎那一车的人。你救完那车人，就会直接和我翻脸。”

纪勇涛笑了：“我为什么要和你翻脸啊？”

楚稼君：“因为你是好人，要抓坏人。”

纪勇涛：“你不当坏人不就行了。”

楚稼君：“我以前当过，你就一直要抓我，这不公平。你先跟我翻旧账的。”

纪勇涛：“这不叫翻旧账，这叫追诉期。”

楚稼君：“又没人教过我这个。”

会场里，珠宝被放进了一个蛇皮袋里。楚稼君提了几个条件，让他们上旅游大巴，不许有人跟，放校车出城。

只要有一车人质在，他就有自信没人敢轻举妄动，能像以往一样逃脱掉。

两辆大巴陆续开出展区，记者们紧紧跟在边上，有几个人出来的时候头上套着麻袋，所以没办法确定楚稼君和纪勇涛具体上了哪辆车。

场内原来的安保人员也从侧门离开，其中两个人走出人群，走向马路对面。那里停着一辆白色的货车，车里，驾驶座上的人盯着两个靠近的人。

他开了车门，放两人上来。这两个人都穿着安保员的灰色制服，但一个是楚稼君，一个是纪勇涛。

他们根本没在那两辆大巴里。

楚稼君：“开往反方向，很快就会暴露的，尽快出城。”

成究：“你带着个条子上了车？！”

成究的侄子站了起来，巨大的身躯将货车内部塞得满满当当。

楚稼君：“他跟我们走。”

成究：“不行，为什么？你不能瞒着我……”

楚稼君在出展馆前，带着纪勇涛和两名安保员换了衣服。这事是有其他安保员知道的，他们在展馆内同样会受到威胁，不能声张。但只要脱离楚稼君的目光，和外界的警察接触，这个重要消息在几分钟内就会被警方得知。

所以他们的车要尽快跑，能跑多远跑多远。

成究：“那珠宝呢？珠宝你都放在那两辆车上了啊！”

楚稼君看了眼纪勇涛：“一堆假玻璃。”

成究：“啊？”

楚稼君：“你都知道我会来了，展馆里怎么可能展出真的？假玻璃很好弄到，一两天就能弄一套像模像样的假展品。”

楚稼君问纪勇涛：“所以，真品在哪儿？”

——真正的重点，现在才开始。

那辆旅游大巴上的人根本无足轻重，他们只是带着两个麻袋的玻璃，走上了一趟必然会被警察拿下的绝路。

五分钟，在没有阻碍的马路上，展馆已经被完全抛到了身后，从视野中消失。楚稼君很认真地盯着纪勇涛：“你知道真品在哪儿的，告诉我。”

纪勇涛：“这不归我管，我不知道。”

楚稼君想了想：“可能归展览主办方管？你们布置安保也会和对方交涉吧，对方住在哪家宾馆，总能告诉我吧？”

他无辜地看着纪勇涛，很多话尽在不言中。

楚稼君深吸了一口气，揉了揉脸：“勇哥，我不舍得对你怎么样，但其他人舍得。”

楚稼君：“他们是真的舍得。知道那个混进M加工村的人，最后有多惨吗？没必要的。”

纪勇涛点头：“要是告诉你宾馆，你也要告诉我那辆校车的情况。你这是两头操纵，本质上就行不通，那些人都是你临时组的，什么都保证不了。”

楚稼君笑笑：“你放心吧，他们自己也怕死的。”

如果两辆旅游车只是做焦点的幌子，对应的，那辆被用来保证旅游车安全的人质校车，同样也是幌子。校车在路边加油站被发现了，里面只有一车惶恐的师生被绑在座位上，并没有其他人在车上。

纪勇涛：“你就是冲着我来的，通过我知道宾馆的地址，抓住主办方的人，问出真品藏的地方？”

“你有这脑子做什么不好？”

楚稼君的目的反正达到了——纪勇涛被那车人质逼上了他们的车，现在就算知道人质没事也来不及了，已经逃不掉了。

楚稼君松了口气，在车里享受短暂的平静：“你的伤怎么样？我打电话找你，他们都不肯告诉我。”

纪勇涛：“嘴上说不舍得，下手的时候一点儿都不含糊。你到底犯了多少事，自己记得吗？”

楚稼君：“你还有空管他们？就是因为你每次都管他们，管什么人质什么梦梦，所以每次都抓不住我。”

成究在开车，一边叮嘱侄子：“注意那条子！现在到底去哪儿？这人到底说不说？你们到底在聊什么？”

楚稼君不耐烦地深呼吸：“勇哥，快说吧。我有的是办法能让你说。”

纪勇涛：“你杀了我好了。我肺受伤了，以后很难剧烈运动，基本出不了什么任务了。你已经把我毁了。”

楚稼君不满：“你这人说话怎么这样？我怎么就毁了你了？我是伤着你了，还是把你家偷空了？你说话讲不讲道理？你不是好好的吗？我给你钱，你有吃有喝，你怎么还不满意了？”

“你喜欢我叫许飞，等事情过去了，我去改名叫许飞也行啊，怎么就……你们和他说，我和他说不通！”

成究：“要不先找个地方吃饭吧？你们俩盯着他，我去买饭……”

楚稼君：“我吃不下！气都气饱了！”

成究：“所以他把你气成这样，你留着他干什么呢？再去抓个知道地址的！”

楚稼君：“这是你大哥的家事，有你小弟说话的分吗？”

成究：“还大哥小弟？你现在有啥？要啥啥没有，你——”

话音未落，一声轻响，楚稼君睁大双眼，幽幽地盯着他道：“你说话给我注意点。”

他又用那种眼神注视着纪勇涛：“勇哥，这样。路上有很多人，你一分钟不说，你知道我会怎么做对不对？”

兜兜转转，车又回到了市中心。

这家迎宾馆里进出的住客，看上去都衣冠楚楚，这里是主办方负责人下榻的地方，对方是来自 R 国珠宝公司的华裔员工，一般都会谨慎安排住这样的高级酒店。

茶褐色和纯白色的大理石作为大堂的主基调，干净宽阔的布局让这里看起来和招待所完全是两个等级。

车停在宾馆门口，成究要下车，楚稼君拦住他："再往前开，至少开三条街。"

楚稼君："先去打探房间里有多少人，打探到了就回车里。如果只有一个人在，就把车开到宾馆门口，编个理由把人骗出来；如果是多个人在一间，就两个人去逼问。"

之前劫校车的两个人也回城了，正赶来和他们会合，货车里一下子拥挤了起来。最后是那两个人中的一个去打探房间的情况，那人长得普通但端正，是这群人里面不容易引起注意的。

为了防止纪勇涛在车里弄出动静，他的手脚被绑住，眼睛也被蒙住了。

其他人在车内等待消息，大约十五分钟后，去的人回来了，说那人是一个人住。

按照计划，成究把车开到宾馆前，宾馆外没几个人。车停下，那人刚拉开车门跳下车，楚稼君就突然说："开车！走！"

成究："什……"

楚稼君："开车走！"

在成究踩下油门的同时，宾馆外几个"零散"的客人也同时拔枪对准了货车，还有人从树丛后面跳出来。原本顺畅的宾馆车廊，前后都杀出了两辆车堵住路，但楚稼君反应太快，路还没来得及被车堵死，货车就倒退撞开了后面的车，冲回马路。

透过后视镜，能看见那个下车的人还想反抗，但立刻就被控制住了。

楚稼君之所以觉得不对劲，是因为宾馆门口的人太少了，不仅比刚才经过时要少，而且往大堂里看，前台也是空的。显然，有人提前预料到了这个情况，在短时间里疏散了原来宾馆内外的普通人，换上了便衣和拦截车。

飞驰的货车后面不断出现追击的警车，车里，楚稼君死死地盯着纪勇涛。

楚稼君：“对的……对的……我料得到你会把宝石换成假玻璃，你也料得到我是冲着什么去的……”

“你提前安排好了？连宾馆都是装作不情不愿告诉我的……”

纪勇涛一言不发。

他有了觉悟——楚稼君下一秒拉开车窗，纪勇涛就拼尽全力往他的方向撞去，在飞驰的货车里，两人失去平衡，摔在地上。他还想继续拖住楚稼君的行动，但成究的侄子将他从地上拽了起来，用那股大到恐怖的蛮力，将纪勇涛的头按在地上。

意识逐渐模糊。

警笛，枪响，血味，楚稼君的嘶吼声……纪勇涛倒在那儿，反而感到很放松，很放松，他缓缓地笑了。

货车勉强甩开一波追击，往出城的公路全速急驶。

再醒来时，纪勇涛能感觉到楚稼君就坐在自己对面。

已经听不见警笛或者城市的喧哗声了。这辆货车，应该已经逃出了城。

车里还有另外三个劫匪，在激烈地争执接下来该怎么办。

事情彻底失控了，超出了楚稼君原来的计划。他们现在只有这辆货车，还有一个纪勇涛。

纪勇涛醒来，还听见对面的楚稼君在自言自语，神经质地低喃着细碎的话语。见纪勇涛醒了，那人又语无伦次地低语几句，接着，用一种温柔到诡异的语气说：“我是真的想这次之后就收手的。你为什么要这样对我？”

驾驶座上的成究骂道：“奶奶的什么这次之后？现在还能往哪儿？！”

楚稼君的语气瞬间震怒凌厉：“我和勇哥说话，没和你说话！”

在绝望中，他的情绪彻底失控了：“他说得对，我和你说再多有什么用？分开这么多天，你见了面就问那堆人，你有问过我过得怎么样吗？他们在你看来比我重要？”

旁边的同伙终于不耐烦了：“反正逃不掉，把这个条子扔了！”

车厢里的空气，霎时凝滞了。

下一秒，车厢门突然被那人拉开，纪勇涛被他踹出飞驰的货车，在地上滚出很远，肩膀传来骨裂声，头撞在地上，脑中顿时只有一片耳鸣声。

耳鸣声中，他听见了货车失控撞车的声音轰鸣而来，最后停在那儿不动了。

车厢门里的黑暗中，走出一个人影。

楚稼君跑向意识模糊的纪勇涛。蒙眼的布松脱了，纪勇涛看见，周围是一片城郊野路，在崎岖野路两侧的，是一望无际的、半人高的野草。

楚稼君一路向他跑来，他将人紧紧地、死死地抱在怀里："我不会让他们动你的。"

他的语气已经完全不正常了，像是错了音的小提琴。

楚稼君接下来的声音又带着可怜的哭腔："勇哥，你不要抓我好不好？你就当不知道我的事，我们一起跑路好不好？"

21

chapter

第二十一章

货车撞在野路边的石墩上，左车灯碎了，前面凹进去一块。楚稼君检查完了车，又跑到纪勇涛身边，发现男人没了意识。

楚稼君怔怔地退开半步，然后蹲在地上呆住了。他不知道该怎么处理眼前的状况，也不知道是等这人自己醒还是把他送去医院。

就在这时，地上的人两只手握着石块砸向他的头。楚稼君反应很快，勉强躲开，发现是纪勇涛装死想偷袭自己。

楚稼君夺过那块石头："我看你是真想死！"

纪勇涛带许飞买菜回去，路过百货大楼，看见橱窗里的小电视，这种价格昂贵的小电器是他几个月的收入，有不少人路过时都会欣羡地看向橱窗。

有笔奖金在上周发了下来，五百块。一般拿到津贴的当天，兄弟俩会去吃顿好的。不过要是把钱存起来，说不定今年就能攒够钱买个小电视。

但这样算算，买大哥大不知道要攒到哪一年了，买车更是天方夜谭。下海的人愈来愈多，爱呀河小区是单位分房，棉花厂的员工占了一半的名额，最近那边有点人心惶惶，似乎是厂子的效益不好，要和轻纺市场做承包合并，但找不到接手的人。

纪勇涛吐了口烟，算了，这种事情轮不到自己发愁。天塌下来，也得要警察维持秩序。

路过超市，楚稼君想用零花钱去买进口巧克力。纪勇涛见怪不怪，这家伙的零花钱都花在了吃喝玩乐上。

他先到家，洗菜、切菜、开火、做饭，过一会儿，弟弟回来了。

楚稼君："你猜我去超市买巧克力，抽奖抽中了什么？"

纪勇涛把手上的水甩干净，回头看见他站在厨房门口。楚稼君手上拿着个小礼盒，从里面取出一台小电视。它是崭新的，只有手掌大小，天线长长地伸展着。

不知为何，纪勇涛说不出话，他看着楚稼君丢开小电视，又从身后拿出一个长方形礼盒："你猜我还抽中了什么？"

厨房的景象变了，变成了一趟火车。两侧都是抱着头瑟瑟发抖的乘客，楚稼君站在过道中间，拿着礼盒，闲庭信步走向他。

他走向纪勇涛，走到男人面前时，问："你猜，你又抽中了什么？"

眉心骤然剧痛。纪勇涛从噩梦中醒来。面前，楚稼君正迟疑地用手指碰他眉心的伤口，见他醒了，这人收回了手指。

纪勇涛被他拖上车，后车厢只装了纪勇涛一个。天都黑透了，附近伸手不见五指，他们都不知道车在往哪儿开。

这种车，玻璃上事先贴好了茶色贴纸，从外面看不见里面。外面太黑了，有那么几分钟，纪勇涛几乎以为自己已经死了，死后下了地狱，就是在这无尽的黑暗里待着。

起初谁都没说话。

楚稼君把他绑在座椅上，喂他喝了点水——太暗了，纪勇涛看不清，只觉得喝进嘴里一股腥味。

他呕了出来。楚稼君劝他："你得喝点水，不然会死的。"

纪勇涛不肯再吃他给的东西了。

车在无尽的黑暗中开了很久，进了片树林。结果前后左右都是树，车被卡在了中间。

楚稼君把车停了，怔怔地看着窗外，在等天亮。

纪勇涛听见他开口："我以为你死了。"

纪勇涛也以为自己会死，当楚稼君用手里的石头砸中自己时，他以为自己就会这样失去意识，然后死去。

但那人只是砸了一下，见他昏迷不醒，也不敢再动手了。

短暂的平静中，纪勇涛难得主动开口和他说话。

纪勇涛："你当时……为什么要装成许飞？"

楚稼君："我得出火车站。"

纪勇涛："你把许飞丢在哪儿了？"

楚稼君："可能在 T 市站过去一点的地方。"

纪勇涛："你倒是记得。"

楚稼君："……本来不会记得，但是怕你问。"

纪勇涛："真的在 T 市站那附近？"

黑暗中，楚稼君的身影点了点头。

纪勇涛："好，我知道了。"

楚稼君从烟盒里拿出最后两支烟，先给了他一支。黑暗的车厢中，两个红点明灭，弥漫着烟草的味道。

过了一会儿，楚稼君的声音轻轻地传了出来："我想当好许飞的。"

纪勇涛："可你顶着他的名字，什么坏事都干，你当不好的。"

楚稼君："那是没人教我，我要是知道怎么当，要是有人教我，我肯定能当好。"

纪勇涛："你就真的去读大学了？"

楚稼君点头。

纪勇涛："不当坏人了？"

楚稼君点头。

纪勇涛："那你也会和我一样，每个月拿着几百块钱工资，挤公交车，只能喝便宜的酒，抽劣质的烟。进口超市一年去一次，花钱也要算着花。"

楚稼君的语调变了，好像在哭："都可以的。"

纪勇涛："为什么现在可以了，以前不可以？"

楚稼君低下头，那支烟的红点在黑暗中微微颤抖："因为我想一直当许飞。"

他的声音因为哭腔而含糊不清："我知道你对我好，是因为我是许飞。从一开始就是因为这个。如果从一开始你就知道我不是，你根本不会带我回家。”

纪勇涛没有答话。

楚稼君：“那凭什么，凭什么许飞就有，凭什么这些好东西我没有？我知道许飞没错，可我又能怎么办？我如果上来就和你自首，你会放过我吗？你跟我说实话！”

纪勇涛那边的香烟红点缓缓左右摇了摇。

楚稼君：“那你告诉我，我怎么办？我努力当许飞了，你让我继续当下去好不好？我们找个没人认识我们的地方，继续当下去。然后我去读书，去学英语，去找工作。我不乱来了，我不逛进口商店了，也不要大房子了。我什么都不要了，你让我继续当许飞好不好？我求你了……”

纪勇涛：“我去过厉村，知道你的事了。你还记得你妈妈吗？”

楚稼君摇头，他都不记得了，养父不许他提从前的家，一直不提，一直不想，渐渐就忘了。

纪勇涛：“那也好，记得也会难过的。”

楚稼君：“勇哥，我们如果一起走，你单位还会每个月给你发钱吗？”

纪勇涛：“不会的。单位是这样的，你要在单位里干活，单位才会给你发钱。”

楚稼君：“那谁给单位发钱啊？”

纪勇涛：“国家。”

楚稼君：“那谁给国家发钱啊？”

纪勇涛：“全国人民吧。”

楚稼君：“那谁给大家发钱啊？”

纪勇涛：“单位。”

这个神奇的循环第一次出现在楚稼君的脑海中，像个永无止境的圈圈开始转动。他又追问：“那为什么有的单位发得多有的发得少啊？”

纪勇涛：“有的单位赚得多。”

楚稼君：“那赚得少的为什么不去抢赚得多的？好傻啊。”

纪勇涛用一个强横的逻辑结束了这个死循环：“因为抢是犯法的，犯法会被毙。大家不想被毙，也不想到处逃匿，大家都想当许飞过太平日子，所以大家都能过日子。”

也不知听懂了几成，楚稼君愣怔了许久，略点了点头。

楚稼君：“你跟我跑了，是不是就要换单位？”

纪勇涛：“我们没有身份，什么单位都进不去，只能打黑工。”

楚稼君：“打黑工就是我在道上做的那些事儿吧？”

纪勇涛：“嗯。”

楚稼君：“你不想打黑工，许飞也不能打黑工。”

纪勇涛：“嗯。”

楚稼君：“那要是你把我卖了，卖给你单位，单位会给你多少钱？”

纪勇涛：……

楚稼君：“单位会不会很喜欢你？”

纪勇涛：“会给一点钱，大概几百块。然后会给一个荣誉，也可能不会。”

楚稼君：“荣誉是什么？”

纪勇涛：“他们会叫我什么什么英雄。”

楚稼君：“‘什么什么’英雄？”

纪勇涛：“保护人民生命财产安全之类的。”

楚稼君：“这个荣誉大吗？”

纪勇涛：“很大。”

楚稼君：“你要把我卖给单位，换这个东西吗？”

纪勇涛那边的红点落了下去，灭了。

纪勇涛：“你要真的是许飞，我为什么要卖掉你？”

楚稼君：“那如果我是楚稼君呢？”

纪勇涛沉默了很久。夜风呼啸，吹过野树林，没有月亮的黑夜，这辆车里的一切都陷入一场温柔而死寂的华梦。

风声停止后的宁静中，纪勇涛的声音很柔和：“那我送你上路。”

楚稼君：“你为什么不直接说杀我？”

纪勇涛：“不一样的。杀你，是希望你不要再来了；送你上路，是希望你睡一觉，醒过来之后重新再走一遭。”

风从打开的窗外涌入，吹乱楚稼君的长发。他俯身过去，片刻后，纪勇涛身上的绳子被割断了。

破晓时，那辆货车停在野草丛中。

天地在灰与黑的边界，万物的轮廓才刚刚显露。在远处一片细浅的河流边，芦苇生得那么高大，几乎把天幕都盖住。地上铺满了柔软的芦苇羽，像是羊绒毯一样。

楚稼君跪坐在河水边，看着河水里自己的样子。他用水洗过脸和手，把上面的血都洗干净。纪勇涛在他背后站着，一簇簇的黑发正飘零入水。

他双唇开合，轻声说了什么。

纪勇涛：“你想说什么？”

突然，那人转头看他，双眼睁大了，带着诡谲的森然。

楚稼君：“我不想死。”

下一刻，纪勇涛手上的枪被他用石头打开，他的身影如鬼魅般灵活窜入了芦苇荡之中，失去了行踪。

22

chapter

第二十二章

从医院拿完高血压的药，纪勇涛回了小区。他步伐很慢，影子背着夕阳，被沉沉地压在楼道的水泥台阶上。

楼道口有几个人，似乎是来走亲戚的。儿女们推着医疗轮椅，上面坐着个白发苍苍的老人。纪勇涛路过他们，不由得多看了那老人几眼，觉得面熟。

老人的须发都已全白，目光也浑浊凝滞，鼻子上戴着呼吸管。但是他和纪勇涛看见彼此时，都微微怔住了。

老人的女儿不好意思地拦在中间："不好意思啊，我爸老年痴呆了，总是定定地看别人。我们今天带爸爸回来看看老同事，准备走了。"

纪勇涛点点头，向台阶上走去，怅然若失。忽然，他停下脚步，转身问："老李？"

已经老去的李宇看向他，颤颤地笑了。

李宇:“小纪啊。你下班了？你那个大学生弟弟呢？下课了？”

纪勇涛呆呆的，竟一句话都说不出。李宇的女儿更不好意思了：“你随便答他几句就行了。”

纪勇涛：“欸，我弟也快回来了。”他晃晃手里的菜：“我先回去做饭了，做饭等他回来。”

李宇在家人的簇拥下出了楼道，楼道里，还徘徊着老人口齿不清的声音。纪勇涛走上最后一节台阶，突然，他听见了一个声音。

是自行车铃铛的声音。

纪勇涛忘记有多久没听见这种声音了。从前满大街都能听见，后来，好像铃铛更小了、更轻了，戴耳机的人多了，自行车要个铃铛也没什么用。

他听见了清脆的铃铛声。

那个人下课回到楼下的时候，会把铃铛打得很响。那往往都是楼里生火做饭的时候，油烟气、酱香气、孩子们放学回家的喧闹声、爆米花铁炉爆开的声音、公共广播里的音乐声……

纪勇涛的身子忽然轻了起来，随着那铃铛声，飘入爱呀河曾经的河水之中，被温暖柔软的淤泥紧紧裹住。

他拨开一层又一层厚重的芦苇，在逐渐明亮的天光下，追逐着那人留下的血迹。

纪勇涛喊他，喊出口的仍是小飞。前面的人也在浅滩淤泥中艰难地逃离，直到纪勇涛喊了那个名字。

纪勇涛：“楚稼君。”

楚稼君在前面站住，没再走。

他回过头，眼角流淌着恻恻的光。

纪勇涛：“怎么了？”

楚稼君又开始往前走，但这次走得很慢，沿着河岸，低垂着头，慢慢地向前走去。

楚稼君踉跄着回过头来，那张苍白的脸上浮现出一个带泪意的笑。

在之后的许多年里，纪勇涛都读不懂这个笑。

也许意味着，这个人已经准备好了，在他知道什么是善恶后、在他经历过这个人间后，他准备好结束了。

一个满是错误的死局，终究到了封盘之时。

远处有人来了。很多的人，从四面八方来，就像方才四散的鸟群，落地为人，朝着一切的开始、一切的结束，簇拥而来。风骤然乱起，芦苇花如瀑布如白雪，淹没了他们的视野。

楚稼君微笑着，在芦苇的花影下，轻轻地摇了摇头。

然后，他转身，走入河中。

像是要渡河，又好像一个纸人，惨淡地飘入河水中。他的步伐不快不慢，迈入了水中央。

一声枪响。

人体扑入河水，很宁静地沉没下去。

纪勇涛手里的枪，刚才打出了最后那颗子弹。

因为突发的脑梗，爱呀河小区 705 室的老人纪勇涛在台阶上一脚踩空。

邻居把他送去医院。抢救一轮之后，老人勉强恢复了些许意识。医院说情况很危险，要找家属。

邻居挺为难的："他是独居老人……"

护士："得问问他有没有，要是真的一个能联系上的都没有，就通知社区。"

护士："老先生，你听得见我说话吗？老先生？现在是这么个情况……欸，就是要找家属，家属，得是你家里的人……"

老人的双唇动了动，好像说了个名字。

邻居附在他唇边听，听清那个名字后连忙摇头："不是不是，不是这个，他老糊涂了，不是这个。"

护士："他不是说了个名字吗？登记呀！"

邻居："不是，他说的那个不是他家属，他糊涂了。"

纪勇涛从很深、很深、很深的黑暗中醒来。晨间温柔浅淡的阳光落在病房纯白的床单上，床头柜上放着个果篮，里面有个哈密瓜，还有个菠萝。

纪勇涛看着那些水果，想，这么大手笔，大概是那个人来了。

但意识又渐渐清晰起来——已经是这个年份了，这些水果没有以前那么奢侈了。

来探望的是社区工作人员，是个老大姐，带着和蔼的微笑，嘴唇画得很红，纪勇涛只能看见那张红艳艳的嘴不停开合。老大姐说："纪先生啊，我代表社区来探望你，你有什么需要吗？"

纪勇涛安静地盯着她，他不认识这个人，不知道什么叫社区。脑中许多的现实，如同被扔进榨汁机里的昂贵水果，捣得稀巴烂。

纪勇涛摇了摇头。

他的记忆开始出现退行性病变，这是老年人的常见病，因为脑功能衰退。纪勇涛也开始忘带钥匙，但因为也不关门，所以并不重要。

河水很浅，只能没到小腿。

这具身体沉睡在怀抱里。纪勇涛让他缓缓地躺在自己的膝头，他舀了一捧河水，替他洗掉脸上的污秽。

人们循着声音赶到时，纪勇涛正在河里，抱着那具满是血污的尸体。楚稼君死了，他的尸体被重新摆回地上，被人潮包围，有验明真身的法医，也有突破重围的记者，闪光灯和警卫的怒吼声交织在一起，却根本无法阻止。尸体被照相机淹没。

在拍完尸体后，镜头全部都对准了河里的纪勇涛。英雄抱着恶徒站在白雪河水里号叫，没人知道，每一条人间的河水，会汹涌成怎样的新生命，怎样的美丽新世界。

正文完

尾声

chapter

尾声

fuerlai

有一个冬天，办事处的门口来了个年轻人，来认领骨灰。

年轻人个子不高，微胖，圆脸上戴着圆眼镜，被一件羽绒服裹成个球体。

外面下着很大的雪，天却不怎么冷。

楚稼君死后的很多年里，一直没人来认骨灰，或者没人敢来。

有人通知纪勇涛，今天有人来领了，也姓楚，跟楚稼君的关系是堂叔侄。

冒着大雪，老纪带着小楚出去吃羊肉炉。火锅蒸汽熏得楚先生眼镜发白，他只好一直手忙脚乱地擦眼镜。

骨灰坛被他抱在腿上，不敢放在桌上椅上。老纪说，你就放地上呗。

死那么多年了，放地上又怎么着。人死了，不管土葬火葬水葬，都会往很深很深的地下沉去。

楚先生抱着骨灰坛过地铁安检，金属检测嗡嗡叫。老纪替楚稼君捡骨时，可能把那颗子弹一起捡进去了。

老纪：“你觉得不合适就挑出来呗。”

楚先生：“这怎么挑啊？能挑吗？”

能啊。老纪弄了双长筷子，蹲在路边开了骨灰坛。楚先生也不好说什么，毕竟照当年许多人的请愿，这坛玩意儿可是差点被冲进马桶的。

老纪的筷子在坛子里挑挑拣拣，大概是里面有些空洞，被筷子搅塌了，坛子口腾起一阵白烟。东西塌下去时，还发出一声如同叹息的轻响。

老纪被骨灰粉呛得直咳嗽，他的肺因为当年落下了病根，一直不好。

骨灰按规定只能保存十五天。纪勇涛打了声招呼，找了个角落，一摆就是许多年。

楚先生的名字，原本不叫这个。当年楚稼君出事，楚家的大人连夜奔去给孩子们改了名，恨不得连姓都改了。

楚先生读书好，一路读了出来，现在是个作家。家里翻旧账翻出这事，他瞒着家里人来了，想找到纪勇涛，重新听一遍当年的事。

纪勇涛老了，那年快退了，提前退休，身上的伤实在太多了——他后来出任务，又进了几次抢救室，直到被调为文职。

纪勇涛不喜欢和人详谈当年，楚先生实在烦人，他就把人带回了爱呀河小区，从抽屉里拿了份手稿。

手稿放在一个牛皮纸袋里，写在一沓单位报告纸上。楚先生翻了几页，发现真的是报告。

纪勇涛："事情结束后，我写的情况报告、行动报告、检讨书。"

目测有几百页。其中情况报告占了大半部分，看起来当时牵扯进去的人都没少吃苦头。

纪勇涛其实写了两版。第一版被毙了，因为格式不对，后面笔迹太乱。

楚先生手里的就是第一版，很少有警察能写一套这么全的大案报告，不过，这对当事人来说也很难算是好事。

纪勇涛："现在这东西没用了。没参考性了。"

楚先生："你是说现在的治安状态和刑侦手段吗？"

纪勇涛点头。放在现在，这套报告几乎一点价值都没有。楚稼君的身世几乎不可能再出现在国内的孩子身上，人们已经快忘记上次听见当街抢劫是什么时候了，"抢银行"变成了老电影里的剧情，至于什么火车劫匪，在年轻人心里，只有外国大片还会有。

纪勇涛："见过枪吗？"

楚先生点头，他很小很小的时候看见过家里长辈有枪，后来，人们能见到的就变成了模型玩具，再后来，类似的模型玩具也不许买卖了。

小孩没见过、没摸过，纪勇涛怀疑，就算真的有人当街掏出把猎枪，现在的年轻人也以为是影视道具。

但这其实是很好的。

纪勇涛有时看新闻，看见嫌疑人哭诉走上歧途的理由，因为家里父母不好，老人不管，或者被爸爸打到离家出走……他有时会感到一阵迷茫。很多死局，其实是能避开的。

现在不至于像当年一样“没办法”，有许多办法，甚至办法放在那儿，只是没人用。

楚先生想把这些文件买走，纪勇涛斜着眼睛看他：“按斤卖？”

楚先生：“不是，就是按稿费来……但说实话你这文笔，可能只能千字四十了。”

文稿送了楚先生，楚先生替他买了两箱杧果。纪勇涛说自己也不能吃这个，年轻时没注意，老了吃饭全得忌口。

楚先生代他整理那些手稿，纪勇涛在后面抽着烟，看年轻人噼里啪啦地打字。楚先生会发表点感慨，毕竟楚稼君对他来说只是个陌生人：“你这报告，警世意味还挺重。”

“这就是总结报告啊。”

“分析得这么透彻，怎么形成这样的悍匪，怎么成团伙作案，怎么内讧，怎么找目标……”

楚先生得想一会儿，才能模糊地想出“悍匪”是个什么。老纪当年写这份东西时，国内悍匪的数量已经开始减少了，并在第二次严打时彻底成为时代的尘埃。

他写的时候，别人读的时候，都是想，这样的事情不要有了，这样的人不要有了。几年后，它们真的都没有了，现在满大街挂的横幅是“预防电信诈骗”，小区里贴的是“电瓶车不进楼”，抢劫的都没怎么听说了，因为人们几乎不带现金。

在时光的流逝中，爱呀河小区变成了一个老小区，因为学区，房价飙升。

爱呀河则因为卫生问题在许多年前被填埋，这条河流，终究被深埋于记忆里。

番外

戏

AIYAHE
MIANLV

RUXI
FANWAI

番外

这一年的夏天，年轻人都喜欢聚集在公园或者街边，结成现代诗社。几个年轻天才诗人的横空出世，让世人为这项新文学艺术疯狂。

也有人白天参加现代诗社，晚上去郊外看 UFO。整个城市都在躁动，那是暗潮汹涌的物欲起伏，将这一代年轻人托举到骇浪之上。

楚稼君在树下捡了只蝉丢进上衣口袋里，吃午饭的时候，蝉在口袋里“嗡嗡”叫。

纪勇涛在厨房里洗衬衫领子：“你又捡啥回来了？”

人吃饱后就会犯困，楚稼君把头搁在桌上，看阳台外面的一串红，打了个哈欠。

纪勇涛发现衬衫领子破了，昨天他出警，对方挣扎得很厉害，把他的领口都扯坏了。

纪勇涛对着外面说：“你记得把口袋里的东西掏出来，上次我洗完了才发现裤子里还有钱。”

楚稼君："噢。"

纪勇涛："下午没事，去靶场吗？"

楚稼君："噢。"

纪勇涛："到底去不去？"

楚稼君真的困了。这个时候的夏天还不算太热，外面和口袋里都有远近的蝉鸣。他想到去打靶场要换两趟公交车，纪勇涛还会在那儿遇到同事，没空管自己。

他趴在那儿，沉沉地睡了……可睡了一会儿，又觉得自己变得很轻，被纪勇涛轻而易举地抓了起来，带到楼下。

爱呀河小区的院子里有一棵大梧桐树，许多年轻人聚在树下，朗诵诗歌。

楚稼君听不懂，怔怔地伏在树干上。他想玩口袋里的知了，想拔几片树叶，反正干什么都好，就是不想让手闲下来。他早就养成习惯了，手里总得拨弄点东西，就像一台一直在运转的设备，不能让零件生锈。

树叶被风吹出"哗哗"的声音，他感觉手里抓住了一个冰冷的东西，于是不停地抠它。它好像是湿润的，不断打湿着自己的手指。

树叶声越来越大，几乎像海浪声一样。他对海不陌生，有很多次在火车上，火车经过海岸，他望着灰蓝的海岸线，心里会觉得宁静。

最近抓到的一个犯人，居然是在一个诗社被捕的，被捕的时候，手里还拿着一本诗集，振臂高呼"诗歌不死"。一想到这件事，楚稼君就觉得有点好笑。

海浪声掩盖了所有的声音，最后变成了不知道是什么动物吐泡泡的声音，哗啦啦、哗啦啦……

楚稼君猛地睁开眼，从海里浮了起来——他躺在床上，头上压着个半融化的冰袋。纪勇涛在一旁弄新的冰袋，哗啦啦的声音就是冰块碰撞时发出来的。

纪勇涛："你怎么回事，中暑了都不知道？"

他很少生病，虽然以前经常吃不上饭，大伤小伤也是常事，但真的不常生病。

中暑也是头一回。

这种低温中暑挺常见的，楚稼君自己都没觉得，只是觉得困，趴在那儿睡死了。纪勇涛喊他好几回，发现人趴在桌上没反应。

他喝了点可乐，又睡了半天，其实也就该差不多好了。纪勇涛晚上值班回来，看见他在洗澡，往浴室里问了一句，结果又没有回应。

楚稼君在浴室里昏倒了，背上起了一片红色的疹子。

医院晚上没什么人，他把楚稼君背去急诊，测了体温是三十九度。医生看了看，先问纪勇涛："你出过水痘没有？"

纪勇涛出过了，但第一反应还是："他出水痘？这么大人还出水痘？"

医生："理论上只要没出过就可能出。他还挺严重的，症状和其他人不一样。"

纪勇涛心里"咯噔"一下，前几天刚好有个警员家属的孩子得了白血病，单位里还组织了给他捐款。

医生看着验血报告，眉头越皱越紧："他是你弟弟？是亲弟弟？"

纪勇涛："不是，是表弟。"

医生："那他的疫苗接种本在你这儿吗？"

纪勇涛：“啥？”

医生：“疫苗接种本，每个人小学入学前都要看的，疫苗没打全不给进学校啊。他这症状，要么卡介苗漏打了，要么失效了。而且你看他的验血报告，这一大堆抗体都是阴性……”

纪勇涛：“阴性是指？”

医生：“呃，不好说，可能就是……就是他小时候，爸妈没带他去打这些疫苗。”

纪勇涛：“怎么会这样？我老家那边还挺发达的啊。他缺几支？”

医生：“一支都没打。”

楚稼君现在醒了，就躺在帘子后面的病床上。虽然还有点耳鸣，也不太清楚什么疫苗接种什么抗体，但凭直觉，他差不多摸清面临的麻烦了。

本能告诉他，这间诊室里的两个人都不能留了。

就在这样琢磨的时候，帘子被拉开了。纪勇涛拿着诊单站在床边，看见他醒了，先摸了摸他的额头。

纪勇涛：“小飞，你这出水痘要先在医院住几天，看看情况。还有这个疫苗……大夫，他得补几针？”

医生翻翻单子：“他这年纪，有的不能补了，有的补了没意义。最少大概补个……我算算，有的疫苗得补三针……一共二十来针吧？”

医生：“欸，你真是天赋异禀啊，这啥疫苗都没打，居然没病没灾长这么大了。”

在医院这几天，楚稼君几乎寝食难安。他晚上睡不着，靠着床头，盯着门口。他只能从早到晚都监视纪勇涛了，这个人随时可能打电话给许飞的老家，核实疫苗的事……不，或许不一定，也许作为警察，他不会觉得弟弟娇气到这个份上，只要医院能补打就行了。

不知道是不是心思太重，病也更重了，烧得神志不清。恍惚间，他回忆起了很多从前的事，只能咬着牙不让自己昏过去，避免昏迷中胡言乱语。

医生给楚稼君打了退烧针。等纪勇涛下班后过来探病的时候，楚稼君正在抠点滴的胶布，手背因为长时间吊水都变青了。

纪勇涛：“怎么一点不见好呢？想吃点什么不？我去买？”

楚稼君陷在被子里，烧得双唇干裂，摇了摇头，他什么都吃不下。

纪勇涛骑自行车去街头的供销点，拿脸盆打了点西瓜瓤，回病房里，喂他喝了西瓜水。民间偏方就是发烧了得喝西瓜水，免得烧坏脑子。

他和隔壁床的家属闲聊：“大学生脑子金贵着呢。”

隔壁的家属一听，激动地把黄桃罐头分了一块过来：“快点，给大学生吃我家的罐头！”

对，大学生的学生证很值钱。楚稼君已经感觉到了——车票，不管是火车票还是客运票都可以打折，去景点可以免费，买书可以半价，但他不买书。

吃饭、理发，凭学生证都可以便宜……查身份时候甚至可以代替身份证。总之，这个年头，大学生真的金贵。

吃完西瓜瓤，人稍微舒服些了。楚稼君趴在病床扶手上，说想吃海鲜罐头。

纪勇涛回忆一下罐子里的票，辅食票好像都拿去换其他的票了，得再找人换。

这要换成楚稼君的作风，还要什么票，私下里一箱箱买就行了，但现在纪勇涛和他纠结怎么换一个罐头，最后拿了一套肉蛋奶的票去和医生换。

纪勇涛：“我换了四个罐头的票，不过医生说了，你最近最好别吃海鲜。”

医院的水房里有很多在做菜的家属，两人借了个小炭炉去热罐头。楚稼君靠着他的肩，激动地看着罐头汤“突突”地冒泡。

两人就在水房里分了罐头汤。楚稼君还在吊点滴，是推着点滴架出来的，右手手背还僵着。

楚稼君：“吊水吊得手都麻了，暖水袋垫着也没用。”

纪勇涛：“你和护士说啊，换药的时候换个地方吊水。”

楚稼君：“她是新手，不会打左手。”

纪勇涛笑了：“这还有会和不会的？不一样是血管吗？”

楚稼君：“真的，还说我左手血管难打，我看她就是找借口……”

这样抱怨了半天，正好护士也来倒水。小护士刚从护校毕业，才十八九岁的样子，微胖，脸红扑扑的。

纪勇涛问她：“欸，女同志你好，我弟弟他扎针能不能扎左手？”

小护士正从口袋里掏一本小册子，被这样一问，脸更红了：“他左手的血管难打。”

楚稼君火气上来了，死死盯着她。护士自顾自到边上桌子那儿看书了，是一本诗集。全国男女老少，现在都陷进诗歌的狂热里出不来。

给左手手背扎针有多难啊？打针应该很简单啊，楚稼君看了几天，感觉自己看都看会了，把手腕扎住让血管凸起，消消毒，扎针，抽开橡胶管，贴胶布……

楚稼君直接从隔壁床摸了两根备用针头，对着自己的左手手背研究了起来。结果还真的发现，他的右手血管明显凸起，左手就要平很多。

纪勇涛过去的时候，就看见他兴致勃勃地研究扎针。

纪勇涛：“看起来你病好得差不多了，又开始皮痒了？”

楚稼君：“我就琢磨琢磨，说不定以后还能当医生去呢？”

纪勇涛：“你当医生啊？那大家就真的把头悬在裤腰带上过日子了……”

楚稼君：“我觉得我脑子挺好的，能试试。来，你把手背伸过来。”

纪勇涛：“……你要干啥？”

楚稼君：“我看看你手背血管好不好扎。”

纪勇涛一只手被他抓住，另一只手去掏不锈钢饭盒。忽然感觉手背一痛，是针头扎进去了。

楚稼君高兴：“真的好扎！你的血管特别好扎！”

纪勇涛看看那根针头：“你消毒了没啊？算了算了，去洗手吃饭了……”

楚稼君还拉着他的手，像发现了什么：“勇哥，你虎口那里是啥？”

纪勇涛的虎口有一条很短的、青蓝色的线，像是钢笔的痕迹，但是擦不掉。

纪勇涛笑了："读书的时候给自己扎的文身啊，拿钢笔墨水，用根针一点一点扎。小时候啥都想模仿。"

楚稼君对文身不陌生，这在道上不是啥稀罕事，他的养父也有，几个同伙也有，他觉得太容易留证据了，就一直没搞。

楚稼君："警察不是身上不能有这东西吗？"

纪勇涛："这又不是真的文身，好多人手上都有啊。谁小时候没干过傻事。"

小时候干的傻事，似乎总是容易被谅解的。

和纪勇涛住了一段时间，楚稼君对医院很熟悉了，经常会接到单位电话，说你哥伤了，在某某医院，你带点啥赶过去。

这个"啥"一般指的是干净的换洗衣服、钱和票。然后他就会直奔急诊，问刚刚警队送来的人在哪儿，是在清创还是已经安置了……

以至于楚稼君对附近的医院轻车熟路，闭着眼睛都能骑车过去。

听电话语气也能听出来，上来就调侃他"大学生啊，上课呐？"的时候，说明问题不大，有点严肃的"许飞，你去一趟"说明略麻烦——要是啥都不说，直接报医院名的，楚稼君就得做好签字的准备了。

家里有个警察就是这点儿麻烦。

纪勇涛今晚蹲点，凌晨四点回来。他也没睡，还在沙发上看录像带。

楚稼君指指茶几上的啤酒："要吃点喝点吗？"

纪勇涛疲惫地瘫倒在椅子上，人累到极点，反而也不困了：“现在都没大排档了。”

楚稼君：“自己做啊。”

纪勇涛：“在市场蹲人蹲到现在，盯了几十趟卸货的卡车，我现在闻到肉味就想吐。”

楚稼君：“那就喝啤酒看录像带吧。勇哥，《渴望》的第七卷你是不是借出去了？”

“好像是，不过忘了借给谁了。”纪勇涛伸了个懒腰，“家里有甜的吗？”

楚稼君：“有布丁，我路过超市买的新货。噢，不甜的还有火腿肠，润王的新品，里面有玉米。”

楚稼君给他比画：“下碗面，切点小葱花，窝个蛋，配两根火腿肠，那个蛋给你窝得嫩嫩的……”

纪勇涛笑着：“说得人口水都下来了，你做？”

楚稼君嘟囔：“这不是给你出主意吗。”

他挪到男人身边：“勇哥，你累啊？”

纪勇涛没什么力气说话了，指了指墙上的钟，凌晨四点半了。

楚稼君跑进厨房，手脚麻利地做了碗面。他厨房里的事倒是做得很熟，以前被打出来的，手脚慢了要挨耳光。刚开始他不会切菜，经常被养父教训。

一碗面做完，果然葱花切得细细的，上面用滚油浇过，葱香四溢。

蛋也是半熟的嫩蛋，亮汪汪地窝在面上。火腿肠用油煎了煎，表皮上开了花刀。

他端着面碗出去，发现纪勇涛已经睡着了。楚稼君把碗搁在茶几上，也扯了条毯子到沙发上，看电视剧看到睡着。

第二天楚稼君醒过来，纪勇涛不在边上。电视被人关了，录像带也按照集数整理好了，至于那碗泡了一晚的面，已经被男人当早饭吃了。

面碗里现在是一碗白粥，上面加了点黄油，小碟子里摆着咸鸭蛋，应该是那人出门前准备的，给他当早饭。

照顾人是会上瘾的。给一个人做饭、盖被子、等他回家，遇到一个会回应这些照顾的人，真的很要命。

他吃了粥，难得把碗洗了。自立门户后，他就对做家务深恶痛绝，恨不得什么都交给酒店清洁工。

挑了个周四的调休，纪勇涛陪他去医院接种疫苗。

等的时候，两人都在看各自带的杂志，纪勇涛带了两本，一本兵器杂志，一本时代诗歌。

楚稼君："你怎么也跟着看这个呀，这有啥好看的？"

纪勇涛："不知道，同事给的，我跟着看看。我以前也挺喜欢诗歌的。"

楚稼君："你喜欢啥？"

纪勇涛："诗歌啊。"

楚稼君："噢。"

纪勇涛："是真的。"

楚稼君："啊……"

纪勇涛："还大学生呢你，大学生对这东西可狂热了，说什么要追求和诗人灵魂共鸣的……"

楚稼君也问人借了本看看，对面有个吊水的初中生，在看诗集。正看得热泪盈眶，书被对面的楚稼君抽走了，他把自己手里的购物册子塞到学生手里，不管对方一脸蒙的表情，坐回对面看了起来。

纪勇涛："怎么样？灵魂感受到共鸣没有？"

楚稼君："啥玩意啊，到底写了个啥？"

纪勇涛："我也不喜欢这本，要不你看看别的。"

两人换了书。对面的孩子还蒙着，不知道该不该要回自己的诗集。

今天先打了一针，下周再来。要这样每周陆续来补疫苗，直到那本小册子上的疫苗全部被打上钩。

回去的路上，不知道是不是因为打针的关系，楚稼君疲惫地睡着了。他靠着纪勇涛，手里还抓着那本诗集。这些诗句很诡谲，他完全看不懂，可读完后又好像莫名懂了什么。

这种"懂"，与其说是知道字里行间的意思，不如说是更深处的心里被哈了一口气。他梦见少女、芦苇与遗骨，那些骨头长得和自己一样，许多面无表情的白裙子少女将它们丢进铜箱子里，用白芦苇花盖住，推进很深的水中。

楚稼君梦见过许多次自己的死亡，每次都以惊醒收场。可这个关于死亡的梦，却宁静得如晴天时爱呀河的浅流水。

他听见纪勇涛唤醒自己："怎么了，梦见了什么？你怎么哭了？"

纪勇涛理了理他的长发，替他遮住一片落在眼睛上的残阳："有什么难过的事情，在梦里还能哭出来呢？"

楚稼君平静地睁开眼，擦掉眼泪，说忘记了。

楚稼君："你看得懂这些诗吗？"

纪勇涛："看不懂。"

纪勇涛顿了一下又说：“而且不喜欢。另外一个诗人写的东西我也不喜欢，但两种不喜欢还不太一样。”

纪勇涛：“我知道他写得好，但他总在写‘死’，写到最后，自己真的死了。”

楚稼君看看封皮：“上面写他热爱生活。”

纪勇涛：“出书的人很多不读书，正常。就好像警察办案子，自己又不会去犯案子。”

楚稼君笑了，觉得两者还不太一样。但他逻辑很差，不靠强词夺理就绕不过纪勇涛。

纪勇涛拿过他手里的诗集，和自己手里的其他书盖在一起。夕阳下，路边是个小公园，许多年轻人围成一个个圈，为现代诗的复兴而沉醉。

车到站了，楚稼君想去冷饮站买冰棍。虽然医生说不能吃冰的，但两人还是去了，心想着成年人了没那么娇弱。

他们弄了两根赤豆棒冰，坐在路边，一边看着踢球的孩子们一边吃。楚稼君打了个很大的哈欠，手指绞着棒冰的包装袋：“勇哥，你上次和那个女会计怎么谈崩的？”

纪勇涛：“哪个？”

楚稼君：“短头发、戴眼镜那个，穿着绿底小花的连衣裙……”

纪勇涛：“噢，梅会计啊？就是因为工作忙啊。约了几次饭，临到饭点了，出任务了，人家就不乐意了。”

楚稼君：“是不是我把你的时间给占完了？你要是今天陪人家出去吃饭，谈谈诗歌，说不好就……”

纪勇涛：“我觉得是命吧，也挺好，我一相亲就要出警。跟你出来，每次都是天下太平。多跟你出来，利国利民。”

楚稼君心想，你去相亲提前跟我说一声啊……

不搞事还不简单吗。

一只蝴蝶从旁边慢慢悠悠飞过来，落在了楚稼君的肩膀上。他觉得稀奇，用手指沾了点棒冰糖水喂它，它也不跑。

过一会儿，蝴蝶落在地上，抖了几下，死了。

纪勇涛说，应该就是快死了，飞不动了，在你肩上歇一会儿。

纪勇涛把它捡起来，放进身后的草丛里。快到晚饭的点了，踢球的孩子各自回了家，路上都是回去的人，人潮汹涌。

他们碰到几个同事和家人一起出去看电影，刘纬德也抱着女儿在路边买蛤蜊油。夜市搭起来了，路上渐渐热闹起来。楚稼君去淘二手的国外电影录像带，旁边卖女装和袜子的摊位边有几个年轻姑娘拿着可乐经过，她们都是住在爱呀河小区那一片的。

楚稼君和她们说笑几句，约哪天一起去迪厅玩。姑娘们笑成一团："纪警官每个月给你多少生活费啊？咱们别把人民警察家里给吃穷了。"

楚稼君："少得要去要饭了。"

姑娘："那你还请我们？"

楚稼君："我挣了外快啊。"

纪勇涛买烟回来，打了一下他后颈："你读书呢你，什么外快？脖子后面都是汗，大热天的，长头发不闷吗？剪了。"

楚稼君捂着头发："你就看它不顺眼！"

纪勇涛今晚想去理发店，押着他一起去。楚稼君不愿意，为了哄他，路上还买了两瓶可乐。

到了理发店，楚稼君还是死死捂住头发："别剪短！"

纪勇涛都不耐烦了：“干啥呢？那么长的头发，吹个风都能当围脖了。”

楚稼君嘀咕：“头发剪短会折寿。”

纪勇涛“谁教你的？满大街男的都这样，不都活得好好的？”

楚稼君：“他们不会，但我会的！”

他对这种事有种奇怪的执念，就好像有的小孩子不敢捡头发，觉得像活的虫子；有的小孩不敢上电梯；有的不敢坐电风扇下面……

楚稼君就有种诡异的执着，觉得剪了头发会死。

理发店里响起一阵笑声。纪勇涛没办法：“那稍微修一点，烫一下呢？”

楚稼君：“啊？”

纪勇涛：“那种国外的男歌手不都这样吗，长头发，底下微微卷，头发染成棕色……”

楚稼君盯着他，觉得可疑，这位“大老粗”不像是有品位琢磨男性发型的人。

纪勇涛：“不是啊，就我看见那些海报，心里想，要是我家大学生也这么捯饬一下……你这么弄一下，比他们好看，知道不？”

楚稼君：“……真的啊？”

纪勇涛：“真的真的，你最好看了。”

楚稼君摸摸头发，有点动心：“那就做一个看看吧……”

理发师给他围上布，纪勇涛已经去洗头台那边躺着了。镜子里，楚稼君幽幽地抛给理发师一个眼神：“一刀都不许剪错。”

联谊晚会，纪勇涛居然换了身西装去。

因为立了功，他得了五百块钱奖金，所以就带着弟弟去友谊商厦买了点新东西。家里想换个大点的彩电看球赛，还需要多添一个电扇。许飞现在用的是自己淘汰的自行车，车轴一直在乱动，自行车也得换了……

两人事先说好了，去了商城不能乱买。

楚稼君老毛病又犯了，看见什么都要。最后赖在西装柜台不走了。有几套意大利的进口西装，确实和国产的不一样，扣子都是原木的，三千块一套。

导购员漂亮得像女明星：“先生，其实你体型很适合穿这个版型……”

纪勇涛：“别了吧，这点自知之明我还是有的。”

楚稼君：“我试试。”

纪勇涛一把把他扯回来：“你试什么试！”

楚稼君嘟囔：“试试又不花钱……”

纪勇涛气极反笑：“你还想花钱咋地？”

楚稼君：“勇哥，试试好东西，至少知道好东西和一般东西差在哪儿。买不买无所谓，我也没指望你买啊……”

导购都笑了，第一次听见把“买不起”这事儿说得那么清新脱俗的。

楚稼君身形细长些，换了套纯黑西装，穿上身真不一样。纪勇涛看了看柜台里的标价：“要是少个零就给你买了。”

楚稼君抖了抖西装领子，看着镜子里的自己：“那也是你一个月工钱呢，省着点吧。”

他脱掉西装还给导购：“留着，我以后来拿。”

纪勇涛：“你别听他的，他还是个学生呢。”

楚稼君笑了：“我又没说以后是哪天，说不定要攒十年的钱呢。”

两人从百货出来，买了个铁色的新电扇。纪勇涛还记得他刚才穿的那件意大利的西装：“你别说，佛靠金装人靠衣装，你刚穿那身是不一样。”

楚稼君：“是吧。是得以后来拿，人就差这一身皮。”

过了几天，纪勇涛拿了套西装回来，竟然就是那套三千多的。

楚稼君也不傻，这西装不是他靠那点二百九的工钱买得起的：“你哪儿弄来的？真把家底全拿去买这个了？”

纪勇涛：“怕家里钱花完了让你辍学？”

楚稼君：“还有这种好事？”

西装不是他买的，是一个朋友送的。楚稼君都惊呆了，从不知道纪勇涛身边还有这种人。

楚稼君：“做生意的？做什么生意的？”

纪勇涛：“好像是……好像是做皮草的。”

楚稼君：“住哪儿啊？男的女的？”

纪勇涛：“住香港，偶尔会来这边看看生意。”

居然还是个港商！

纪勇涛救过这个人。从前来看生意时，男人在公寓里被绑架，最后被他救出来的。所以之后再来，这个港商都会请勇哥吃顿饭，送点“小礼物”。

楚稼君突然有了敏锐性：“等等，这合适吗？你们能收那么贵的礼物？规章制度呢？”

纪勇涛在镜子前试西装：“案子都结了啊，这都是私交了。”

楚稼君不满道："这不行这不行！"

纪勇涛被他弄得站都站不稳："怎么不行呀？"

楚稼君："你都不给我多要一套！"

纪勇涛一边保持着被人挂身上的姿势，一边打领带："财迷。"

楚稼君："你这衣服还得配条领带啊，这便宜领带……"

领带还有啥便宜不便宜的？不都是灰的吗？纪勇涛笑笑，没理他。

楚稼君不知从哪儿弄了一条灰银相间的领带："配这个好看。"

结果就因为这根领带，联谊会的时候，纪勇涛被一个初中美术老师看中了。

美术老师觉得，这警察挺有品味的。

主要还是，穿着三千块的进口西装，加分加很多。

中间还有人牵线，牵线人觉得周五能一起吃顿饭。女方想带个小姐妹，纪勇涛就把弟弟带上了。

地点定在一家西餐厅，环境很好，靠近有霓虹灯的马路。双方刚坐下寒暄几句，楚稼君就看着窗外笑了："今天好太平。"

这话莫名其妙的，几个人只好尴尬地笑几声。

楚稼君："就不知道菜吃一半会不会有什么意外。"

中间人决定无视这个奇葩的弟弟："你们想吃点什么？点菜，点菜。"说着把菜单递给纪勇涛，楚稼君的手伸过来，截走了。

楚稼君："他不懂西餐，都没吃过几次，我看看啊……要瓶红酒吧？"

就算是男方付钱，对面也觉得这有点太奢侈了："这个……怕是要纪警官大出血了。"

楚稼君："没事，他难得相个亲没遇到报案的。"

中间人带着恳求的眼神看着纪勇涛，恳求他能管管这个胡来的弟弟，但纪勇涛脸上带笑，跟着看菜单：“炸猪排辣酱油也行。还有黑森林蛋糕，配个咖啡啊。”

楚稼君：“我真的点了啊？”

纪勇涛：“点呗，红酒也点上。”

楚稼君：“你买单啊。”

纪勇涛笑了：“买什么？把你留在这刷盘子，刷完了再回去。”

菜单被暂时放下了。楚稼君不说话了，就看着窗外。

服务员打量这桌人，看着是相亲，可气氛很诡异。他过去点单：“请问需要一点什么？”

楚稼君看窗外：“你们这家店不错。”

纪勇涛也看外头：“嗯，不错。”

楚稼君想，地形很好，对面是一家职校，旁边有公交车站，储蓄所在街头，马路很宽敞，地形复杂高楼多，从这个大窗口望出去，能观察到整片街区，简直完美。

纪勇涛想，街头街尾两个铁马落地，不管这片街区的逃犯往哪儿躲，从这个大窗口都能观察到。

纪勇涛点了一桌菜，很丰盛，大概为了弥补女方浪费了一个周五的夜晚。

纪勇涛说：“我弟弟读大学，目前住我家，毕业后呢，大学生就是干部编制了，要落户A市，大概率还是住我家。”

纪勇涛停下看了楚稼君一眼，继续说：“就会不太方便。”

大家安静地吃完了饭，各自回家。沿着霓虹灯遍布的商业街，两人走向车站。

楚稼君难得一路都没说话。

纪勇涛先开口：“路上买明天的早饭吧。”

楚稼君：“你没生气？”

纪勇涛：“气啊，我都快成老光棍了。”

纪勇涛：“单位厕所里听几个小年轻议论我，到这年纪还没找到对象，是不是有病。”

但纪勇涛想，自己小时候，看妈妈和继父相亲，也是在旁边一直捣乱。

就是不喜欢那人的注意力转移到别人身上，所以拼命引起注意，还挨了几顿打。

但一点办法都没有，就像太阳上山下山，难以阻止。又或是那句话，天要下雨，娘要嫁人。

纪勇涛想，许飞在这座陌生的城市里，或许也是一样的。

只有在这座城市，只有在爱呀河边的爱呀河小区，他会感到仓惶和无助，本能地依赖着表哥。

纪勇涛没读过大学，所以尚且察觉不到这里面的不对劲。一个大学生，没有和同学、教师、学校产生一丝一毫的联结，几乎不谈论学校和专业，所有的精力都倾注于这个临时的家。

对于这个时代的普通人而言，大学是神圣而神秘的存在。它与人们的生活离得太远，以至于人们失去了探究它的兴趣。

家门口，大飞已经听见了他们的脚步声，在门后兴奋地转圈。楚稼君等他拿钥匙，他也一样。

楚稼君：“……我又忘带钥匙了。”

纪勇涛叹气，他换了西装，钥匙落在旧外套里了。

借了隔壁家的阳台，两人爬回 705 室。楚稼君想去遛狗，顺便买瓶冰可乐。

纪勇涛：“一次多买几桶大的回来呗，一块儿去。”

他还想买点啤酒，但又怕楚稼君偷喝。医生说疫苗接种期间最好不要喝酒。

夜里，爱呀河沿岸凉风习习，他们遛着狗去小卖部，从冰桶里拎了四桶大可乐。楚稼君从他口袋里摸了烟和打火机，点了支烟，再拎起瓶子走。

楚稼君：“我喜欢这条河。”

纪勇涛一怔：“怎么突然说这个？”

楚稼君：“不知道为什么，突然这样想。昨天晚上我在河边看书，就很喜欢这条河。”

纪勇涛笑了：“啥毛病，大晚上的，跑河边看书喂蚊子。”

楚稼君看着在路灯和月光下零碎的水光，他的眼睛下垂，眼神是无辜的：“这河边少了点芦苇。”

他觉得再这样下去，他也会在口袋里揣一本诗集，直到最后。

早上到办公室，纪勇涛把一本书丢进了办公桌下的抽屉。刘纬德凑过来看了眼：“欸？你也跟着读诗了？

刘纬德：“这不都小姑娘喜欢的吗？”

纪勇涛：“噢，从我弟那儿拿的……”

纪勇涛把抽屉关上，锁了。

纪勇涛：“我心里有点毛，不想让他看这个。”

他觉得许飞有些敏感，像块海绵，什么都往里面吸。好像以前活在另一个世界里，突然被丢到人类社会，看啥都好玩。

纪勇涛：“大概以前光顾着读书了。进了大学，心思野了，又抽烟，又喝酒，还泡录像厅，小流氓一个……迟早有天我得去收容所赎他。”

楚稼君早上还闹出乱子了。牛奶箱里，他们昨天放的空玻璃奶瓶被人拿了，空瓶子没回收到，所以送奶人没有放新的牛奶。

楚稼君就去敲邻居的门，一个个问过去：“你拿了 705 的奶瓶吗？”

问了一圈没找到人，回来时候人都气疯了，踹了一脚奶箱：“别让我逮到他。”

牛奶箱被踹歪了。他被纪勇涛揪着，拿上工具箱，把它重新钉回去。

纪勇涛在他后面监工，一边刷牙一边含糊说他：“啥时候能改改这熊脾气……”

楚稼君蹲地上钉箱子，钉子叼在嘴里，咬得“咔咔”响。

说不定就是哪个小孩拿了去玩的呗……纪勇涛去水槽吐掉嘴里的泡沫：“你这脾气，平时没事，一点就炸，你以后进社会怎么办？能干什么岗位？”

楚稼君在旁边用水擦了把脸，头发上滴着水，他撑在水槽边，看着白背心上的水渍：“干什么都好。”

纪勇涛把他长发抓起来，用水池里的橡皮筋扎住：“真的啊？搬砖去不去？”

楚稼君：“不去。”

纪勇涛：“那你告诉我，你想干什么？”

楚稼君甩了甩头：“待在家里。”

楚稼君：“就待在家里，看带子，一集一集地看。混吃等死。”

他说完，自己都羡慕这样的日子，忍不住笑了。照这样看，似乎真的不怎么花钱，只要买录像带和可乐就行。

纪勇涛本来想削他，手都抬起来了，又想，这死孩子心思特别怪，说不定有啥心事。

手就没打下去，只是在他头顶摸了摸。

纪勇涛："也算个志向……"

楚稼君："那你呢？你以后想待在哪儿？真当一辈子警察吗？"

他抬眼，明亮的眼神注视着男人，释放着某种最直白的、属于物欲的引诱："好多'出路'呢……"

棉花厂很快就会关厂，轻纺市场很快就会被私人承包。很多人们曾经认为坚如磐石的存在，将会在之后的几年里被无声瓦解。很多人们曾经认为天马行空的未来，也会在旧事物消逝后，从狼藉之中降临。

楚稼君的眼睛不属于人类社会，他是站在外面观察这个世界的。他能看见钱流向何处，他想带纪勇涛去H市。H市如同他的一个心魔，似乎去了那儿，去了那座眼下平平无奇的城市，就可以拥有一切。

在H市，他们未来可以赚到无穷无尽的钱，而对他来说，钱就能搞定一切。

牛奶箱子钉歪了，之后歪了很多年。后来，纪勇涛从大飞从前的狗窝垫子下面发现了两个透明玻璃瓶，是那两个失踪的奶瓶，被狗叼走了。

完

图书在版编目（CIP）数据

入戏 / 扶他柠檬茶著.
—武汉：长江出版社，2021.8
ISBN 978-7-5492-7871-8
Ⅰ. ①入… Ⅱ. ①扶… ②姚… Ⅲ. ①长篇小说－中国－当代 Ⅳ. ①I247.5
中国版本图书馆CIP数据核字(2021)第166676号

入戏 / 扶他柠檬茶 著

出　　版　长江出版社
（武汉市解放大道1863号　邮政编码：430010）
选题策划　漫娱图书　谢佳
市场发行　长江出版社发行部
网　　址　http://www.cjpress.com.cn
责任编辑　罗紫晨
特约编辑　陈雪琰
产品经理　胡丽云
总 策 划　熊　嵩
执行策划　罗晓琴
装帧设计　徐昱冉　吕茜睿
印　　刷　武汉鸿印社科技有限公司
版　　次　2021年8月第1版
印　　次　2025年8月第71次印刷

开本　889mm×1230mm　1/32
印张　9
字数　200千字
书号　ISBN 978-7-5492-7871-8
定价　46.80元

电话：027-82926557(总编室)　027-82926806（市场营销部）